J.M.Coetzee

DUSKLANDS

ダスクランズ

●

J・M・クッツェー
くぼたのぞみ◎訳

人文書院

目次

Japanese translation published by arrangement with Peter Lampack Agency, Inc.
350 Fifth Avenue, Suite 5300 New York, NY 10176-0187 USA
through Tuttle-Mori Agency, Inc., Tokyo

ダスクランズ

ヴェトナム計画

標的のヴェトコンにナパーム弾をあびせて大成功に狂喜する戦闘爆撃機パイロットの映像を見せられて、恐怖と嫌悪で応じるヨーロッパやアメリカの視聴者には、どう考えても共感せずにはいられない。とはいえ、これから自分が加えるかもしれないダメージに衝撃を受けて、任務遂行が不可能になったり、過度の抑鬱状態に陥ったり、罪悪感にさいなまれるパイロットを確保してほしい、と合州国政府に期待するのは非現実的である。

ハーマン・カーン

ぼくの名前はユージン・ドーンだ。それはどうすることもできない。さあ行くぞ。

I

クッツェーが報告書を書きなおせという。気に入らないのだ。彼はもっとあたりさわりのないものを望んでいる。応じなければ没にして、ぼくもお払い箱にしたがっているのがわかる。権力があり、愛想がよく、凡庸なこの男に、ぼくは心を鬼にして立ち向かう。彼にはヴィジョンがなさすぎる。彼を恐れながらも、ぼくはその先見のなさを軽蔑する。ぼくはもっと評価されてもよかった。ここでのぼくは管理職のいいなり、そういうやつの前に出ると直感的にこびへつらってしまうんだ。ずっと上司のことばに従ってきたし、喜んでそうしてきた。上司と衝突することになるとわかっていれば、ヴェトナム計画なんかに手を染めたりはしなかった。衝突は不幸を招き、不幸は生存を毒する。ぼくは不幸に耐えられない、平安と愛と秩序がないと仕事ができない。大事に扱われなければいけないんだ。ぼくは一個の卵で、巣のいちばん奥まったところに寝かされて最大限の気遣いで生育されなければならない。さもないとつるりとした、見込みのない殻が割れて、内気で密やかなぼくの生命が誕生することはない。ぼくのために寛大な処置が取られるべきだ。ぼくは熟考する思索家であり、クリエイティブな人間であり、世界にとって無価値な人間ではないんだ。クッツェーにはもっと理解されると思っていた。彼はクリエイティブな人たちを扱い慣れているんだから。かつてはクリエイティブな人間だった彼も、いまや真にクリエイティブな人たちに寄生して生きるだけの、創造性に欠ける人間だ。他人の業績の上に自分の名声を築いてきたんだ。ここでは「新生活計画」の責任者をしているが、ヴェトナムについても生活についてもなにも知らない。ぼくはもっと評価されてもいいんだ。

明日の対決のことが気がかりだ。対決は苦手だ。最初から衝動的に負けを認めて、ぼくを愛してくれるならと敵対者を受け入れて全面的に譲歩してしまいそうだ。幸いぼくはその衝動を忌避する。譲歩はすべてまちがいだと結婚生活が教えてくれたからだ。自分を信じること、そうすれば敵もきみを尊敬する。マストにしがみつけだ。それがこの場合のメタファーだとすればだが。自分を信じる者は自分を疑う者より愛を受ける価値があるんだ。自分を疑う者は核《コア》をもたない。ぼくは遅きに失したとはいえ、全力を尽くして自分のための核《コア》を作りあげようとしている。

気を取りなおさなければ。仕事の出来は悪くない。ぼく自身が仕事なんだ。ゆうに一年もヴェトナム計画はぼくの生活の中心だった。そんなに早々と打ち切られてたまるか。ぼくにだって言い分はある。ここはきっぱりと、自分で自分を弁護する覚悟をしなければならない。

クッツェーを見くびってはならない。

今朝、ぼくをオフィスに呼びつけて、座りたまえといった。彼は活力旺盛な男で、毎日ステーキを食うようなやつだ。笑みを浮かべながら行ったり来たり、なにから切り出そうかと思案しているが、ぼくのほうは右へ左へ顔を動かしながら、それでもできるだけまっすぐに向き合おうとした。珈琲をすすめられたが遠慮した。彼は珈琲を飲む人間だが、ぼくはカフェインが血中に入ると震えがきて、調子にのってなんでも約束してしまう体質なんだ。

あとで後悔するようなことはいわないことだ。

姿勢を正し、大胆な目つきで面談にのぞんだ。クッツェーはぼくの猫背と斜に構えた目つきは承知しているかもしれない——この目については自分ではどうしようもない——しかし今日こそぼくはきっぱりと、胆力と正直で身を固めていることを彼に教えてやりたい。(思春期に崩れてからというものどんな姿勢をとっても収まりが悪い。しかし、学習できない態度なんてものはないんだ。ぼくとしては将来的にはきれいにまとまることを大いに期待している。)

　クッツェーが話をした。あれこれお世辞をいいながら、そこに露骨さに勝るとも劣らない両義性を込めて、一年分の仕事の成果を徹底的にくさしたのだ。彼が話す一語一語の意味を読み取れないふりをするつもりはない。

「この課が前衛的《アヴァン・ギャルド》な性質の仕事を産み出す日が来るとは思わなかった」と彼はいった。「きみを褒めることにやぶさかではない。最初のいくつかの章は読んでいて面白かった。よく書けていた。これほど完成度の高い研究報告が出る課にいるのは喜びではある」

「だからといって、もちろん、だれもがきみのいうことに同意しなければならないというわけではないが」と彼は続けた。「きみは真新しい、論争を生む分野で仕事をしているのだから、論争は覚悟しなければならない」

「しかしきみにちょっと来てもらったのは、きみの書いている報告書の内容について話し合うためではないんだ。念を押しておきたいが、きみはいくつか重要なことを述べている、それについてはわれわれと契約している連中も真剣に考えざるをえないだろう」

「わたしが提案したいのはプレゼンテーションの仕方だ。こんな提案をする理由は、まあ、わたしがこれまで多少なりとも国防総省のプロジェクトに関する報告書を書き、監督をした経験があるからにすぎない。だが——まちがっていたら訂正してくれたまえ——きみにとってこれは初めての仕事だ」

　彼はぼくを拒絶するつもりだ。将来像に不安を抱き、情熱にも絶望にもいささかの共感もない。権力は権力にのみ語りかけるんだ。端正なその赤い唇の奥で文が列をなしている。ぼくは解任されるな、形式どおりに。彼はぼくだけが感知できるように口と鼻の配置をかすかにずらして、ぼくの血中を疾駆し汗に浮く興奮性の毒物が彼の贅沢で過敏な五感を刺激して、嫌悪感を引き起こすんだと告げている。ぼくはにらみつける。ぼくの稲妻の一撃で、魔法を真に受けないこの男を、打ちのめそうとやっきになる。失敗したら、管理されながら自己管理するおとなしい専門家集団に安住することになるんだ。ぼくの両目は嘆願と威嚇のひらめきを、ぼくと彼にしか感知できない速度で、矢継ぎ早に送りつける。

「きみも応対してみてわかっただろうが、軍人というのは、ひとつの階級として見れば――率直にいって――頭の動きは鈍いし、疑い深くて保守的だ。彼らに新しいものを納得させることは容易ではない。とはいえ、きみの推すものの正しさを最終的に納得させなければならない相手は彼らだ。わたしのいうことを聞きたまえ。頭ごなしに話をすると成功はおぼつかないぞ。絶対にこうだと決めつけ、知性によって相手を情け容赦なく打ち負かす精神でのぞむなら、成功はおぼつかないということだ。そういうのはこのケネディ研究所の内部で行なわれるディベートの話だからな。われわれは知性で決着をつけるのが慣行だと考えているが、彼らはちがう。攻撃はあくまで攻撃だと感じ、おそらく彼らの階級全体への攻撃だと思うだろう。

　そこでまず、われわれがほかのことを話し合う前に、きみに取り組んでもらいたいのは、きみが論じるその語調を見なおす作業だ。軍部の連中が自尊心を失うことなくきみの提案を検討できるよう、書きなおしをしてもらいたい。心してほしいのは、もしもきみが、彼らは自分の仕事をわきまえていないとか（たぶんそのとおりだ）、彼らが自分のやっていることを理解していないというなら（確かにそのとおりだ）、そのとき彼らはきみを窓から放り出すしかなくなるということだな。しかし逆に、きみが絶えず、相手にわかりやすく、かつ、ひたすら平身低頭してみせる文体を使って、自分は重要であっても狭い専門領域にたずさわる一職員にすぎず、戦争の科学を包括的に理解する兵士の知識はまったくない学者もどきだと強調して、さらに、きみの狭い専門分野の領域内で戦略上の予期せぬ結果をもたらしそうな提案があるのだと力説すれば、そのときは、きみの提案に耳をかたむけてもらえるだろう。

中央アメリカに関するキッドマンの小著を読んでいなければ、それに当たってみたまえ。わたしの知るかぎり、あれは出しゃばらずに相手を説得するための最良の例だ。

もうひとつ考えてほしいことがある。わかっていると思うが、きみが分析の対象としているのはプロパガンダ活動であり、そこで使われる用語は多くの人間には馴染みがない。これはきみの作業のみならず神話作成部門にいる者すべての作業にいえることだ。わたしにとって神話作成は魅力的だし、大いに将来性があると考えている。だが、読み手について、ひょっとしてきみは勘違いしていないかな？　きみの報告書を精読していると、わたしの目を意識して書かれているような奇妙な印象がするんだが。いいか、現実の読み手はもっと粗野なやつらだ。だから、どうだろう、序文のようなものをつけてみては。そこで、きみがこれからどんな手順で議論を展開しようとしているか、すっとわかるように説明する——神話は人間社会でどのように作用するか、記号はどのようにやり取りされるか、そういった事例をたくさんあげる。それから、頼むから註はなしだ」

ぼくの指が手のひらの内側へまるまり、固く握り締められ、むくんで感覚をなくす。これを書いている瞬間も自分が左手を固く握り締めているのがわかる。シャーロット・ウォルフ（一八九七〜一九八六年、ドイツ系イギリス人の心理分析学者）が鬱のサインと呼ぶやつだが（『仕草の心理学』）、彼女はまちがっている。だってこの瞬間ぼくは落ち込んでなどいない。なにしろ解放をもたらす創造行為にたずさわっているんだから。そうはいっても仕草について語るシャーロット・ウォルフは経験に裏打ちされた確信によって語っている。だからぼくは注意深く、指にはなんだかんだ忙しくする機会をあたえてやる。たとえば本を読んでいるときは念入りに指を曲げては伸ばす。人と話すときは両手がぶらりと垂れるまで、これみよがしに力を抜く。

それでも爪先がまるまり、足裏に食い込みそうなほど力が入ってきたのがわかる。ほかの人間は、たとえばクッツェーは、それに気づいただろうか。クッツェーは兆候にいち早く気づくタイプだ。管理者として、おそらく仕草の解釈について一週間のセミナーをしっかり受けている。

もしもぼくが足のところでその仕草を一掃したら、次にそいつはどこへ移動する？

おまけにぼくは自分の顔を撫でる癖もやめられない。このしつこい癖も、好ましくない心配症の予兆だ、とシャーロットはいう。重要な場面でぼくは極力、意志の力で指を顔から離すようにしている（ぼくには鼻をほじる癖もある）。神経を張りつめすぎるせいだとみんなはいう。みんな、というのはぼくと秘密を分かち合うまでになったと考える人たちのことだが、本音をいうと、ぼくが神経を張りつめるのは、たんにぼくの意志がこの身体のあちこちで起きる痙攣《けいれん》を――痙攣という語がそれほど大げさでなければ――抑制しようと必死になるからにすぎない。自分の身体の無軌道な動きには苛々する。別の身体があればいいのにとしょっちゅう思ってきた。

自分の研究成果を拒絶されるのは不愉快だ。拒絶するのが自分の敬服する人物からであれば不快感は倍加し、ちやほやされることに慣れていれば三倍になる。ぼくはいつだって頭のいい子だった。良い子で頭のいい子だった。身体にいいからと豆も食べたし、宿題もやった。そこにいるだけでしゃべらない子だった。だれもがぼくを褒めた。つまずきはじめたのはごく最近のことだ。それは狼狽《うろた》えるような経験だったが、それでも高度な意識を有するぼくは無防備なわけではなかった。人は生徒でなくなる瞬間、とぼくは自分に言い聞かせた。人はみずから道を切り開きはじめる瞬間、裏切られたと感じた教師が嫉妬から報復に転じるのを覚悟しなければならない。ぼくの報告書に対するクッツェーのけちな反応は官僚によく見られるものだ。有望な部下が、踏み固められた出世街道をゆっくりたどろうとしないので、自分の地位が脅かされると感じているんだ。彼は年老いた雄牛で、ぼくは若い雄牛だ。

そうやって自分をなぐさめても、彼から受けた侮辱感はいっこうに和らぐ気配を見せない。彼はぼくの上司だ。ぼくには彼の承認が必要だ。彼にはぼくを傷つける力などない、とごまかすつもりはない。クッツェーからは憎しみよりも愛を受けたい。不服従はぼくにとってそれほど簡単なことではないんだ。

「序文」に取りかかった。創造的な仕事は午前中にやり、午後はハリー・S・トルーマン図書館の地下で、ぼくが権威と頼む書物といっしょにすごす。そこで書物に囲まれていると、ときどきふっと幸福感といえなくもない状態にいる自分に気づく。至福感、知的な幸福感だ（われわれ神話作成部門にいる者はそういう気質なのだ）。地下（実際は半地下で、低い階へ図書館を延長した部分）へ行くには螺旋階段と、音が響きわたる軍艦色の板金が張られたトンネルを抜ける。地下にはトルーマン図書館の利用者には不人気の、デューイ十進分類法でいう一〇〇から一三三番までの蔵書がある。書棚は場所を取らない可動式だ。四つの監視カメラが見張っているが、書棚を移動させると死角ができる。その死角のなかで、名前はわからないがアシスタントの女の子が、ぼくの友人である地下書架係と、いうなればいちゃつき《フラート》をやる。それは良くないと思うぼくは、自分のいる狭い閲覧ブースからわざわざ良くないぞと信号を発してやるが、女の子は気にもとめないし、ハリーはそこまで頭がまわらない。良くないとぼくが思うのは、ぼくが陰気な不感症だからではなく、彼女がハリーを笑いものにしているからだ。ハリーは小頭症だ。

自分の仕事が大好きだ。彼が厄介ごとに巻き込まれるのは見たくない。彼は毎朝、標識のない聖処女《ヴァージン》マリア修道会のマイクロバスで図書館に連れられてきて、夕方また家まで送られていく。ハリー自身が無害の童貞《ヴァージン》で、死ぬまでそうなんだろう。彼は例の死角へ入ってマスターベーションをする。

ハリーとの関係にぼくはすっかり満足している。彼は書棚の本が順序正しくならんでいるのが好きで、頭を振るようすでぼくにはわかるのだが、本を取り出す人たちを不愉快に思っている。だからぼくは書棚から本を取り出すときは彼をなだめるように、注意深く規定の緑色のスリップを差し込み、ぼくの閲覧ブースの真上の書棚にきちんとならべる。そうしておいて笑いかけると、彼もニッと笑い返してくる。午後にぼくが没頭する仕事も、もし彼が理解できるなら賛同してくれるものと思いたい。抜粋を作り、引用を確認し、リストを作成し、計算する。ひょっとしたらハリーは、ぼくのペン先から流れ出る几帳面な文字のつづりを見て、整頓された書籍と紙類を見て、ぼくのもの静かな白いシャツの背中を見て、ハリーなりに、この人なら書架へ近づいても心配ないと思っているかもしれない。彼がこれ以上ぼくの物語に登場しないのは残念だ。

あいにく、ぼくは図書館では創造的な仕事ができない。発作的に創造的なひらめきがやってくるのは早朝だけだ。その時刻ならぼくの身体のなかの敵が眠気に負けて、ぼくの頭脳が奇襲をかけても急ごしらえの防護壁が作れない。ヴェトナム報告は東から昇る太陽に顔を向けながら、身を切るような悲嘆のなかで（いわゆるフランス語の「突き刺す《ポアンドル》」ってやつだ）作成された。ぼくのルーツは夕暮れの土地にあるという悲嘆のなかでだ。このことは報告書にはまったく出てこない。はたすべき任務があるときはそれをやるまでだ。

　図書館のぼくの閲覧ブースは灰色で、灰色の書見台と書類を入れる灰色の小さな抽き出しがついている。ケネディ研究所の職場も灰色だ。灰色の机に蛍光灯、一九五〇年代の機能主義だ。不満を述べることをちらりと考えてはみたが、反撃に身をさらさずにすむ方法が思いつかない。硬材の机は管理職用なのだ。そこでぼくは歯をくいしばって耐える。灰色の平面と影を作らない緑色の照明、その下を気絶した青白い深海魚のようにぼくは浮遊する。それが記憶のもっとも曖昧《グレイ》な部分に染み込んで、ぼくはかつてのぼく自身に対する愛憎入り交じる白昼夢にとっぷりと浸る。二十三歳、二十四歳、二十五歳の炎を使いはたしたあの歳月、データマチック社のぎらつく蛍光灯の下で、おぼろげに西方の国の訪れを約束する午後五時を、ぼくは瀕死の時間のなかで待ちわびたのだ。

　ハリー・S・トルーマンの照明は控えめに、慈父のような唸りをたてている。室温は華氏七十二度（摂氏約二十二度）。書物の壁に囲まれて、ぼくは楽園にいるような気分のはずだ。だが身体がいうことをきかない。本を読むと、顔が生気を失いはじめ、頭のなかに刺すような痛みが生じて、やがて、唐突に襲ってくるあくびを追い払って涙目をページに向けるうちに、背中が石のように強張ってガリ勉みたいな猫背になる。背骨から伸びる筋肉のロープが吸盤のように首に巻きつき、鎖骨のあたりへ、脇の下へ、胸一面へと広がっていく。巻きひげは脚にも腕にも這い降りていく。全身を締めつけるや、この寄生性の海星《ひとで》はあんぐりと口を開けて死んでしまう。触手が弾力性を失うのだ。背中を伸ばすと帯状組織が軋む音が聞こえる。こめかみの内側にも、ほお骨の奥にも、唇の内側にも、氷河が這い込んで目の奥の中枢へ向かっていく。眼球がきりきりと痛み、口が収縮する。もしぼくのこの内面が、この筋肉の仮面が顔をもつなら、それは奇怪な先史時代の穴居人の風貌になるだろう。まったくもって歓迎しがたい夢を無理やり見せられたような男が、眠たげな目と口を荒っぽくこすったような顔立ちだ。頭のてっぺんから爪先まで、ぼくは反旗をひるがえす身体のいいなりだ。腹部の器官だけが盲目的な自由を確保している。肝臓、膵臓、消化管、それにもちろん心臓が、たがいにぶつかり合ってぴちゃぴちゃと音をたてている。生まれる前の八つ子のように。

さて、軟骨の長さについても語るときだ。ぼくの鉄の背骨からぶらさがってマリリンとの悲しい結合に影響をおよぼす、あの軟骨について。ああ、マリリンはぼくの苛烈な欲情からぼくをうまく解放してくれたためしがない。われわれは婚姻の手引書に出てくる勤勉なパートナーらしく、たがいのささやき、うめき、唸りにしっかり耳をかたむけているのに、ぼくはヒーローのように労を惜しまずに進み、マリリンはヒロインのように泡立つのに、じつをいうと、書物が語る無上の喜びをぼくたちは手に入れたことがない。悪いのはぼくではない。ぼくは任務をはたしている。そんなわけで、ぼくは妻がしらけているのではないかという疑念を晴らせない。ぼくの種が到達しないうちに彼女の小袋はあくびをして退却し、裏切られたぼくの代理人はその根元をくわえられ、巨大な洞窟の内部でむなしく頭部を振りまわす。やわらかで、堅く引き締まった、どこまでも信頼できるグリップのなかで子供じみたかんしゃくが収まるまで、あやしてもらいたいと焦れに焦れている瞬間に。その瞬間に、最後まで決して失われないぼくの意識の天空にひらめいて尾を引く語、それは撤退《エヴァキュエーション》／排泄だ。そしてぼくの種はマリリンの生殖管の無用な排泄孔へ尿のように滴り落ちる。

マリリンのほうは（とマリリンに対抗する自分を、自分にとって良くないのに、もう少し煽り立てると）愛をめぐる定量理論を持ち出す。もしもぼくに他の対象に費やす愛があるなら、その愛は彼女から盗まれたものだというのだ。だからぼくがヴェトナム計画の仕事にのめり込めばのめり込むほど、彼女がぼくの仕事に対して燃やす嫉妬もどんどん激しくなっていく。ぼくがもっと単調な仕事に就いて彼女のなかに安らぎを見出せるようになってほしいんだ。彼女は自分がからっぽだと感じ、満たされたいと思っている。しかしその空虚さとは、入ってくるものすべてが侵入や所有だと感じられる空虚さなんだ。それゆえの絶望的な表情。（ぼくは女性を直感的に理解できるが共感はしない。）マリリンとの生活は彼女のヒステリカルな襲撃と、ぼくの敵であるこの身体からのプレッシャーに抗って心の平衡を保つための絶えざるたたかいになってしまった。創造的な仕事をするためには心の平衡を維持しなければならない。平和と愛と滋養と陽光がなければならない。ぼくの身体がリラックスして心が高く飛翔するあの貴重な朝は、マリリンと彼女の子供のあいだで交わされる、ぐずりや叫びでむざむざ費やされるためにあるわけではないんだ。ぼくがみずからの不可侵性をきっぱりと宣言してからというもの、かわいそうなマーティンがその代役を務め、ぼくの身代わりに鞭打たれる少年として母親の舌から飛び出すことばに耐えている。彼女を起こしたとか、朝ご飯をねだったとか、服を着せてくれとせがんだといって非難されるのだ。そのうち朦朧としたぼくの頭のなかでついに憤怒の嵐が爆発し、激昂する赤いシートとなって視界をおおい尽くして、静かにしろ、とぼくは怒鳴る。それで終わり。ロープがまたぼくの身体に巻きついて結び目を作りはじめ、ぼくの顔の内部の、原始的な、あの筋肉質の顔が外部世界へ通じる道という道を塞ぎはじめると、鞄を詰めて犬の糞をよけながらゆっくりと舗道を歩いて、ふたたび過酷な一日へと向かう時間になる。

自分の書類と写真は古風なブリーフケースに入れて持ち歩いている。エッセンの自動車工場の労働者が最近ランチボックスに使うようなやつだ。このかさばる愚かしい荷物を手元に置いておかないと、マリリンがぼくの原稿をじっくり読んで、ぼくがなにをやっているか詮索しようとするからだ。マリリンは情緒不安定な、不幸な女だ。彼女になにも見せないのは、ぼくのことをほかの人間と話のネタにするのがわかっているからで、思うにマリリンには、ヴェトナムについてぼくが考えはじめて練りあげてきた人間の魂に関する洞察を、正しく理解する能力がないからだ。マリリンがぼくの華々しい出世を熱望しているのはもっぱら自分のためだ。彼女はぼくがオーソドックスな刺激反応プロパガンダの出世コースからはずれて、独自の道を進み出すのが不安でしかたがないんだ。彼女は体制順応者だ。彼女が望んだ結婚相手はぼくのなかの彼女の双子で、そいつは彼女とおなじ体制順応者なんだ。だが、ぼくは心の底から体制順応者だったことはない。ずっと時機を待っていたんだ。マリリンはぼくが彼女を郊外から原野に引きずり出すのではないかとひどく恐れている。どんな逸脱も荒野へ通じると考えているんだ。それはアメリカについて彼女が誤った概念を抱いているせいだ。アメリカは自国の逸脱者を収容できるほど大きいことが彼女には信じられない。ところがアメリカはわれわれ全員よりはるかに大きい。ぼくがクッツェーに自説を述べはじめるはるか前から、ぼくは気づいていた――アメリカはぼくを飲み込み、消化し、その血流内に溶かし込んでしまうだろう。マリリンは心配する必要などないんだ、いつだって彼女の住処《ホーム》はあるだろう。それにアメリカの真の神話における逸脱者はぼくではない。冷笑家のクッツェーと、真正なるアメリカの運命がやつらの内部でひび割れて、その骨髄を強張らせていることに無感覚になった者たち全員だ。強者のみが歴史の暗部でも道からはずれずにすむのだ。クッツェーは一九七〇年代を生き延びることはできるだろうが、マリリンのように単純な性質の者たちは、核となる信念もなく朽ち果てるだろう。

まちがいない、マリリンはぼくを信じたいと思っていたんだ。だが、ぼくの倫理的バランスがヴェトナムをめぐる仕事によって崩れていくと思い込んでからというもの、彼女はありのままに信ずることができなくなってしまった。ぼくの人間としての共感能力が粗雑になり、暴力的で倒錯した幻想に拘泥するようになったと思っているんだ。それを知ったのは、彼女がぼくの肩に顔を埋ずめて、泣きながら心を打ち明けた夜々だった。ぼくは彼女の額にキスして優しくなぐさめる。彼女を元気づける。ぼくは以前のぼくのままだよ、愛する心は変わっていないさ、ぼくを信じていればいいんだ。ぼくの声が低く響くなかで彼女は眠りに落ちる。この鎮静剤は一日か二日は効果的で、彼女は急に抱きついてきたり、忍び足で歩いたり、温かい食事を作ったり、打ち明け話をしたりする。マリリンは人を信じやすい人間なのに、だれ一人信じられる者がいない。彼女が日々の希望を託すのは、彼女の友人が精神の非人間化と呼ぶぼくの状態が戦争とヴェトナム計画の終結とともに終わり、文明復帰がぼくを馴化して、その結果、ぼくの人間性が回復することだ。ぼくの窮状をこんな三文小説みたいに読み解くなんて笑わせる。マリリンのあくどいカウンセラーたちが裏で糸を引いているのではないかという疑念さえなければ、そのうちぼくが、非行に走って更生した少年の役を演じてやったっていい。いろんな本が戸棚にヴェトナム人の骸骨を隠している郊外のサディストや強硬症《カタレプシー》の落ちこぼれについて表に出しはじめたことは知っているんだ。でもじつのところ、ぼくは不機嫌なヘンリー（アメリカの詩人ジョン・ベリマンの詩「夢の歌」の主人公）みたいに、だれかをめった切りにしたことなど一度もない。だって夜明けによく彼らを数えあげるが、だれ一人欠けてはいないし。かりにぼくがなんらかのフィクションに身も心も捧げるとしたら、それはもうぼく自身のフィクション以外にはありえない。ぼくの魂の指揮官はまだぼく自身なんだ。

　マリリンとその友人たちは、戦争のメカニズムの最深部へ近づく者はだれもが恐怖のヴィジョンに傷《いた》めつけられて破滅すると信じている。（ぼくはマリリンと彼女の友人たちよりずっと明解に説明できる。その理由は、彼女たちはぼくを理解できないが、ぼくは彼女たちを理解できるからだ。）過去一年間にぼくの肉体と他人の肉体の関係はいろいろ変化した。それについてはまた別の機会に、適切な時期と場所があれば詳述しよう。マリリンはこの変化が、いまやぼくが否応なくブリーフケースに入れて持ち歩かなければならなくなった、二十四枚の人体写真に関係があると思っている。彼女はぼくには秘密があり、それが癌のような恥ずべき知識だと思い込んでいる。それをぼくのせいにするのは彼女自身のなぐさめのためだ。なぜなら秘密を信じるとは記憶の迷宮内に潜伏する陽気な教義を信じることに等しく、その教義がでたらめな現実を説明してくれるからだ。それを否定する者を彼女は信用しないし、彼女の友人たちもおなじだろう。友人たちはその鉤爪を曲げて、たとえどんなに根が深くても掘り返してあげる、と彼女に約束する。ぼくは相手にしない。マリリンが友人たちの悪質で執拗な毒にあんなにやられていなければ、なにもかも説明してやるんだが。秘密なんかないんだ。見る目のある者にとっては、すべてが表面にあらわれていて、ささいな振る舞いのなかにもそれとわかるんだ。きみがもうぼくにはキスできないと思ったとき、きみはその仕草で、ぼくは死んだ肉であり口にするのも厭わしい、と伝えているつもりなんだろう。ぼくがバッテリー駆動の小型探針できみの身体を悶えさせるとき、ぼくとしては、不満足な性器結合に頼らずに、自分の力の中枢に遠慮なく達するための方法を探しているだけなんだ。（ぼくがそれを使うと彼女は声をあげて泣くが、それが大好きなのはわかっているんだ。人間なんてみんなおなじだ。）きみに隠していることなんてないよ、きみも隠してることなんかないだろ、とぼくはいう。

しかし昼日中のマリリンは、謎を解きたい思いに容赦なく駆られる。毎週水曜になると妊娠中の黒人ティーンエイジャーに家のことをまかせて、セラピーとショッピングのためにサンディエゴへ出かけていく。ぼくは反対しないし、金なら喜んで出す。彼女が褐色の脚のにこやかな蜂蜜色のブロンドに戻るなら、怪しげな道を通ってそこへたどり着くのもしかたがない。この精神病患者がネズミのしっぽのような髪をして、ぼくの家でだらしなく手足を投げ出し、ため息をつき、両手を強く握り締めて長時間眠り呆けるのにはうんざりだ。ぼくは金を払って成果に期待する。だがいまはまだ、自分と折り合いをつけるための水曜日の葛藤が、彼女の魅力をことごとく奪っている。無言の涙、赤い鼻、さえない肉が、ぼくの最強の勃起をも無感覚にしてしまい、ぼくはいたしかたなく顔をしかめて彼女に向かって励むことになるが、鞘のほうはおよそぼんやりした上っ面の感応しか示さない。

とはいえ水曜日は、ぼくがマリリンをいちばん必要とする日なんだ。マルシアを解放するためにぼくはわざと早めに帰宅して、マリリンのフォルクスワーゲンが帰ってくるのをカーテンの陰で待つ。彼女がドアを開けるとき、愛する夫はそこに立って彼女の荷物を引き受けてにっこり笑いはするが、そこからシニカルな洞察の矢が放たれていないわけではない。マリリンはとにもかくにも倒れ込むように横になり、ひたすら眠りたいのに、そうはせずにぼくをスパニエルのようにスカートにまとわりつかせる。彼女に知らない男の臭いがついているのをぼくが嗅ぎ取る？　満たされない若い妻たちがこれといった約束もなく日帰りのドライヴに出かけて、不倫するのはよくあることだ。世間のことならわかっている。ぼくは真実を知りたい。なんとしても知りたい。疲れ切って打ちのめされたこの女のなかに、ほかの男ならなにが見えるだろう？　練習のため、ぼくは見知らぬ男の目で彼女を観察する。新たな視野がぼくを興奮させる。ぼくの目はきっとぎらついている。でもマリリンは疲れていて、軽く笑いながらぼくの愛撫を振り払う。汗でべたべた、シャワーをあびなきゃ、マルシアにお金を渡してくれた？　ぼくは大人だ、自制力だってある。彼女がシャワーをあびるのを観察する。シャワーの下の彼女の動きは無骨で、若々しい。

人はなんにでも、どんなことにも中毒になる。ぼくは長距離ドライヴの中毒だ。疲労困憊するが、距離は長ければ長いほどいい。噛みつづけるのは嫌なことだとわかっていながら、ひっきりなしに食べる。（もう想像がついていると思うが、ぼくは痩せている。ぼくの身体はあらゆる栄養物を半分しか消化しない。）ぼくは明らかに自分の結婚生活の中毒だ。結局、中毒は愛よりも確かな絆だ。たとえマリリンが不実であっても、その分さらに愛しく感じる。というのは、他人が彼女を落とそうとするなら、彼女はまちがいなく価値があるのだ。ぼくはほっとする。不実な午後はすべて、家に閉じこもりがちなこの神経症の男の身体内の、秘かな記憶の貯水池へ流れ込む。断固たる決意と妄執たくましい想像力の行使をもってしても、いまのところそれを味わいそこねているぼくは、いつの日かきっと、その貯水池の門をこじ開けてやると心に誓う。

彼女は両腕を折り曲げそれを枕に寝入ってしまう。ぼくはぞくぞくしながら彼女の隣に横たわり、彼女の皮膚から発散されるかすかな匂いを探知しようと感覚を研ぎ澄まして、思わず口走りそうなことば(「いっちゃえよ、いっちゃえよ……」)を自制する甘美なたたかいに専念する。そんなことばは、時が満ちないうちに口にされると官能的なひとときを台無しにするからだ。マリリンなしでは生きていけないと認めざるをえないのはほかでもない水曜の夜で、それでぼくは確かに、愛するとはこういうことかと思い知る。ぼくにも眠っている生き物一般に対してなら、優しい気持ちを一気にあふれさせる能力はそなわっているのだ。眠っている子供たちを見ると歓喜にむせび泣くことだってある。性交のあいだマリリンがずっと眠っていてくれれば、最速のピッチで快楽の絶頂まで上り詰めることができると思うこともある。それを成し遂げる方法はきっとあるはずだ。

しかし、マリリンがほかの男たちからえる快楽が本物だとは思えない。性格からいえば彼女は自慰する者で、安定した、機械的な摩擦でその眼球の内壁に隷属という幻想を描いてやる必要があって、その幻想がやがて彼女からうめきと身震いを引き出すのだ。もしも彼女がほかの男たちと付き合うとしたら、それはたった独りで食事をする気まずさを避けるためか、気分を高揚させる集まりに漂う物欲しげなお祭り気分にもう少し浸っていたいためで、そんな集まりでは、関係が壊れたカップルや不器用な男の子たちが消えかけた炎を再燃させようと指先を触れ合わせるのだ。マリリンにとっていきずりのセックスとは、四本の冷たい足と、決まり切った前戯と、彼女の渇いた肉襞をまさぐる指と、暗闇のなかの赤面と同情、お馴染みの止めどない恥辱感のことだ。彼らは一定の距離を取りながら静かに微笑み、熱情を使いはたし、安定した家庭的団欒が恋しくなって、相手とは二度と会うことがないことを祈る。「行った?」――「いいえ、でも、とてもよかったわ」と苦杯を飲み干して、ひるまずに事態に立ち向かう。

こういったアヴァンチュールの記録を彼女は残さない。消えない記憶のなかだけにしまっておくんだ。日記にはなにも書かれていないし、バッグのなかにも疑わしいものはない。彼女がやったやましい行為は無意識の身振りから推測するしかない。戸口でせっかちな態度を取ったり、いかにもそれらしく雑用に没頭したり、嘘偽りのないぼくの視線に嘘偽りのない眼差しを返してきたり。ぼくは疑念や嫉妬によって苦しんだりはしない。彼女に第二の生活があるとするのは勘違いなのかと考えて悩んだりはしない。人はだれしも多かれ少なかれやましさを抱えているんだ。違反行為には罪ほど重大な意味はない。それにぼくは妻のことなら熟知している。彼女がいまの彼女になるために大いに貢献してきたのはぼくだ。この嫌疑が度を超したものではない証拠をあげろというなら、証拠は彼女の衣装ダンスの最上段の棚に置かれた黒革の文具箱だ。その内ポケットにはかつてぼくの写真が一枚だけ入っていた。うるんだ茶色の目と大きく開いた煮え切らない口元、説得を専門とする者にはめずらしくない口元だ。ところが二月末、そこにマリリン自身のヌード写真が忽然とあらわれたのだ。「プレイボーイ」ふうの黒いサテンのシーツに横たわり、脚を組んで(剃刀をあてた部分がはっきりと写っている)、髭のような陰毛がまる見えで、首と肩をカメラに向かってしっかり構えながら、素人の集中力ながら大胆な苦笑を見せている。恥ずかしさでいたたまれないのは彼女の清廉さのせいだけではなく、写真家の腕が悪いからだ。「助けて！」とその写真は悲鳴をあげている。凍りつかせるような視線によって、凍りついた瞬間に身動きできなくなった少女。それと好対照なのは、すぐれたファッションモデルが見せる非個性的な嘲笑のメッセージ、「あんたの雇い主《マスター》のための肉《ミート》よ」だ。ぼくは「ヴォーグ」のページから無力感に身震いしながら生還する。

ぼくがブリーフケースに入れて持ち歩いている写真はヴェトナム報告のものだ。何枚かは最終版に組み入れられるだろう。精神の活動が鈍くてなにもひらめかない朝、ぼくにはいつだって平衡を保つための方法があった。包みから出して広げると、その写真はまちがいなくぼくの想像力にぴりっと電気的刺激をあたえる。想像力がまた活動を開始するにはそれで十分だ。ぼくはその写真に反応するが、印刷された文字には反応しない。プロパガンダ部門の写真合成班にぼくが所属していないのは不思議だ。

あからさまに性的な写真は一枚しかない。そこには身長六フィート二インチ、体重二二〇ポンドのクリフォード・ローマンが写っている。かつてヒューストン大学でラインバッカーをやっていた男がいまは第一空挺部隊の軍曹になり、そいつがヴェトナム人の女と性交している。小柄で痩せた女だ。子供かもしれない。しかしヴェトナム人の年齢について、人はたいていい判断を誤る。ローマンは自分の強さをひけらかしている。両手を自分の尻にあてて後ろにのけぞり、勃起したペニスで女を持ちあげているのだ。ひょっとしたら彼は彼女をのせたまま歩いているのかもしれない。女が両手を大きく広げて身体のバランスをとろうとしているように見えるからだ。彼は遠慮なく笑っているが、女のほうは眠たげな、間の抜けた顔を無名の写真家に向けている。彼らの背後の、なにも映っていないテレビ画面にカメラのフラッシュが反射している。ぼくはこの写真に「父が子供たちと浮かれ騒ぐ」という仮のタイトルをつけて第七部で使うことにした。

このところ、ぼくは日々さわやかな朝をすごしている。いつもならぼくの頭を巨大な惑星みたいに塞いでいる報告書が、勝手に自転してすいすい進むのだ。ぼくは夜明け前に起き出して、爪先立ちして机まで行く。戸外では鳥たちもまだかしましく鳴きはじめてはいない。マリリンと子供は忘却のふちに沈んでいる。ぼくは書き終えたいくつかの章を高鳴る胸に押し当てて祈りを唱え、それから小さな箱に納めて、昨日書いたものを見なおさないまま書きはじめる。新しいことばがほとばしる。ぼくの内部で、凍りついた海が解けて砕ける。ぼくはこの一家の温かく勤勉な天才として自分の防衛網を張りめぐらせる。

ただし気をつけなければいけないのは、午前七時から八時にかけて、マリリンがときどき点けるラジオの声から耳を保護しなければいけないことだ（ぼくは声にも反応してしまうのだ、活字にはそれほどではないが）。とくに爆弾のトン数と攻撃目標が読みあげられるときはお手あげだ。情報そのものではなく――ぼくの気質としては見たこともない土地の名前に心乱されたりはしない――だが、統計学の専門家《マスター》の、確固たる、反論の余地のない声がぼくの内部に憤怒の嵐を呼び起こす。憤怒はたぶん大衆民主主義に特有のもので、それがぼくの頭のなかに血液と胆汁の渦を吸い込み、となると、ぼくはもう一貫した思考に適応できない。ラジオ情報は純粋な権威であることを、ぼくは実体験から当然わきまえているべきなのだ。その放送のためにわれわれが用いるふたつの声が、尋問室の二人の主人《マスター》の声であるのは偶然の一致ではない——まず、きみのことを好きになるからとやけに親しげに打ち明けておいて、きみが傷つくのは見たくない、話しなさい、恥ずかしいことではない、だれだって最後は白状するんだから、という軍曹おじさん、そして、クリップボードを手にした冷酷な美形の大尉。一方、印刷物はサディズムで、まちがいなく恐怖を引き起こす。新聞が出すメッセージは「わたしはどんなこともいえるが、心動かされることはない。五十二の無情な記号をわたしが入れ替えるのを注視せよ」というものだ。印刷物は鞭を握った厳しい師匠《マスター》であり、印刷物を読むとは泣きながら慈悲のしるしを乞うことだ。師の前では作家もまた読者とおなじように自分を卑下する。ポルノ作家とは、印刷物の表面が自分のことばの下で干割れるようなエクスタシーで錯乱状態になることを熱望する成りあがり者の英雄なんだ。われわれがトイレの壁に暴力的で斬新な落書きをするのは壁を打ち壊すためだ。それが秘かな理由、まさに隠れた理由である。隠れた理由をぼかして見えないようにすることが真の理由——つまり、トイレの壁に落書きをするのはその前で自分を卑下するためなのだ。ポルノグラフィーとはページを前にした卑下、そのページ自体を身悶えさせる卑下なのだ。印刷物を読むことは奴隷の習慣である。ぼくはこの真実を発見したとき、ぼくの書いているヴェトナム報告内の真実をすべて発見した、省察によってだ。ヴェトナムはあらゆるものとおなじようにぼくの内部にあり、ヴェトナムにはわずかな勤勉さとわずかな忍耐力とともに人間の性質に関するあらゆる真実がある。この計画に参加したとき、ぼくはヴェトナム体験ツアーに行かないかと誘われた。ぼくは断り、それが認められた。われわれのようなクリエイティブな人間は気まぐれを許されるのだ。作成中のヴェトナム文書の真実は、きちんとならんだ手書き文字の行間で、ごらんのように、すでにちらちら揺れはじめている。印刷されると文字の権威は拘束力をもつだろう。

　クッツェーの審査を通過する問題が残っている。気分が落ち込んだときは、二人のあいだで、ぼくが絶対に勝てない喧嘩が始まるのではないかと不安になる。彼の心はぼくの心のようには作用しない。共感はもう伝わってこない。彼の敬意を勝ち取るためならなんだってやるつもりだ。ぼくは彼にとって落胆の種で、彼はもうぼくを信じていない、それはわかっている。だれからも信じてもらえないとき自分を信じることがどれほど難しいか！　現実の厳しさがもっとも冷徹に迫ってくる夜々は、ぼくの寄せ集めの支えが書物から出た概念みたいだと痛烈に感じられるときで（たとえば、ぼくの住処はラ・ホヤ（サンディエゴ北部のリゾート地）の室内装飾カタログそっくりだとか、ぼくの妻はアメリカの田舎の図書館でぼくを宿命的に待ち受けている小説の登場人物みたいだとか）、そんなときぼくの手は机の足元に置いてあるブリーフケースに向かって、ぼくの存在の基部へ向かうように、そろりそろりと伸びていく。だがそれはまた、なにを隠そう、甘美な恥辱たっぷりの性的出会いへ向かうことでもあるのだ。写真の覆いをめくり、一枚また一枚とくりかえしながめる。ぞくっと震えて汗ばみ、血がどくどくと流れ、ぼくは緊張から解き放たれてその夜は浅くて不快な眠りに落ちる。自分にささやきかける、この写真がこんなにぼくを興奮させるのだから、まちがいなくぼくは男だ。この亡霊のようなイメージはもっぱら男向けのものなんだから！

ぼくの二枚目の写真にはベリーとウィルソンという名の（胸の名札でわかる）二人の特殊部隊の軍曹が写っている。しゃがんだ姿勢のベリーとウィルソンが微笑んでいるのは、カメラのせいもあるが、おもにその強靱で若い肉体の輝くような壮健さゆえだ。後ろに低木の茂みがあり、その向こうは樹木の壁だ。目の前の地面にウィルソンが手で支えているのは、切断された男の首である。ベリーのほうはふたつ、髪をつかんで立てている。首はヴェトナム人のもので、死体か、死体になりかけたものから切り取られたのだ。まさにトロフィー――安南の虎は絶滅に追いやられ、残るは人間か数種類のたくましい哺乳類のみというわけだ。首は石のように見える、斬られた首がいつもそう見えるように。死人は顔の表情がどんどん崩れるから遺族のために目立たない小さな綿花で整えられるのかも、と不安混じりの疑念を抱いてきたわれわれにとって励みになるのは、その顔が大理石のように厳しく、眠る顔のように輪郭がくっきりしていて、口元も厳かに閉じられていることだ。彼らはいい死に方をしたのだ。（とはいえ、斬られた首はどこか滑稽だ。殺害された遺体の返還を泣きながらもとめる女たちの写真は、心の琴線に強く触れるかもしれない。棺をのせた手押し車とか、等身大のビニール袋には、基本的な尊厳が宿っているかもしれない。しかし、息子の首を袋に入れてスーパーからちょっと買い物をしてきたように運ぶ母親にも、おなじことがいえるだろうか？　ぼくはつい笑ってしまう。）

ぼくの三枚目の写真はホン・トレ島にある虎の檻の映画から取ったスティル写真だ（ぼくはケネディ研究所でヴェトナム関連の映画をすべて映写した）。この映画を観ながら、現実のヴェトナムに近づくことなく、ここまでやってきた自分に拍手喝采してしまった。近づいていたらきっと、人々の無礼や、汚物や、蠅や、まちがいなく鼻をつく悪臭や、捕虜たちの視線と向き合わなければならなかったはずで、彼らのカメラを見る目は素朴な好奇心に満ちてはいても、カメラがみずからの運命を差配することには気づいていないのだ――こういったことはどれも、困惑して気持ちが遠ざかるばかりの救いがたいこの世のヴェトナムに属している。それでも映画の途中で、カメラが壁で囲われた捕虜収容所の中庭へ通じる門を通過し、金網でおおわれたコンクリートに何列も穿たれた穴を映し出すとき、あらためてぼくが思い知るのは、いまだにその世界がイメージとして、その姿をさらけ出してくれるということだ。こうしてぼくは新たな興奮に身を震わせる。

収容所の指揮官である将校が中庭に出てくる。杖で最初の檻をつつく。われわれは間近にそれをのぞき込む。「悪いやつ《バッドマン》」と彼が英語でいうのをマイクがひろう。「共産主義者め《コミュニスト》」

檻のなかの男がうつろな目をこちらへ向ける。

指揮官は杖で軽くその男をつつき、首をふってニッと笑う。「悪いやつ《バッドマン》」と彼はこのエキセントリックな映画のなかでいう。一九六五年に南ヴェトナム国家情報省によって製作された映画である。

この捕虜の写真を十二インチ×十二インチに引き伸ばしたものをぼくは持っている。彼は片肘をついて身体を起こし、ぼやけた金網のほうに顔を向けている。空がまぶしくて、自分を見物にくる者たちの姿が彼にはぼんやりとしか見えない。げっそりした顔。片方の目が一点の光を反射させ、もう片方は檻の闇のなかだ。

もう一枚、顔だけ拡大したプリントもある。右目の反射光が引き伸ばされて白い斑点になり、こめかみ、右の眉、くびれたほおへ暗い灰色の陰影を広げている。

目を閉じて、冷たい無臭のプリントの表面を指でなぞる。郊外の夜は静かだ。ぼくは集中する。表面全体がつるりとしている。目のきらめきが一瞬、幸い絶対に届かないが、カメラを通してぼくの目をのぞき込もうとする。だが、ぼくの指の下では精彩を欠いて不透明なままで、無名だが確かに存在するこの男の内面へいたる経路は開かれない。ぼくは探索を続ける。夜間は鋭敏で病的になる想像力を執拗に駆使すれば、あるいは経路が開けるかもしれない。

悪名高い拷問に敢然と立ち向かい、沈黙を守って死んだ男たちの兄弟は、麻薬と、もう少し巧妙な攪乱によって、いまでは難なく落とせる。彼らはなにもかも白状し、尋問者の手を握り、子供のように心を開く。話したあとは病院へ行って、それからリハビリ施設へ送られるのだ。収容所で彼らを見分けるのは簡単だ。隅に隠れているやつか、終日フェンス沿いに行ったり来たりしながら早口で独り言をいっているやつだ。その目はたぶん涙でできた膜で塞がれ、世界が見えない。彼らは幽霊か、でなければ彼ら自身の抜け殻だ。つまり、かつて自分のいた場所がいまはブラックホールになり、そこに吸い込まれてしまったのだ。身体を洗っても自分が汚れていると感じる。腸内から逆流するものが頭のなかの灰色の空間に際限なく吐き出される。記憶力は麻痺している。彼らにわかっているのは、時間に、空間に、断裂が起きたことだけで、ぼくのことばでいうと、彼らがいまいるここは事後の世界で、どこかから手招きされているのだ。

これらの毒された肉体は、収容所をいくつも流れあるいた狂人で――ぼくにいわせれば――その世代の最良の人たちであり、勇気があって、友愛に満ちていた――彼らこそ、ぼくにとってあらゆる悩みの種だ！　なぜ彼らはわれわれを受け入れることができなかった？　彼らを愛することもできたのに、彼らに対するわれわれの憎悪はもっぱら、打ち砕かれた希望から生じたんだ。われわれは非在の縁《ふち》で身を震わせながら、われわれの情けない自己を彼らのところへ運んでやり、われわれを認めてくれと頼んだだけなのに。いっしょに運んできたのは武器であり、銃とそのメタファーだった。それしか、われわれ自身とその対象物とをつなぐ手立てを知らなかったんだ。この悲劇的な無知から救出されることをわれわれはもとめた。われわれの悪夢は、もとめるものがすべて煙のようにこの指のあいだをすり抜けてしまい、もはやわれわれが存在しなくなったこと、そしてこの腕に抱擁するものがすべて萎れてしまい、残ったのはわれわれだけだったことだ。ヴェトナムの海岸に上陸し、武器を握りながら、この現実探査機にひるむことなくだれかが立ちあがることを願っていたのに――自分の力を証明しろ、とわれわれは叫んだ、目にもの見せてくれ、そうすればきみたちをいつまでも愛してやる、贈り物もふんだんにばらまいてやる。

しかし、ほかのあらゆるものとおなじように、彼らはわれわれの目の前で萎れていった。だから彼らを火の海に浸けて奇跡が起きるのを祈った。炎のまっただなかでその肉体は神々しい光を発し、彼らの声はわれわれの耳のなかで鳴り響いた。だが火が消えると残ったのは灰だけだった。水路に彼らをならべた。もし彼らが銃弾をくぐり抜け、歌いながらこっちへ歩いてきたなら、われわれはひざまずいてあがめたことだろう。ところが銃弾は彼らをなぎ倒し、危惧したとおりに彼らは死んでしまった。だから、われわれは彼らの肉を切り開き、瀕死の身体に手を伸ばしてその肝臓を引きちぎり、その血でこの身が浄められることを願った。しかし彼らは金切り声をあげて、われわれが妄想するもっともくだらない幻影のようにかき消えてしまった。彼らの女たちの内部にこれまでにないほど深く、さらに深く、われわれ自身を突き込んだ。ところが気がついてみると、われわれはいまだに一人ぼっちで、女たちは石のようだ。

涙のせいで気分が悪くなった。あれは夢のなかを歩く暗い目をした神々ではなかったことを、われわれの残念な自己に証明してしまったからには、願いはただ、彼らが退却してわれわれをそっとしておいてくれることだった。彼らにそのつもりはなかった。われわれは、超越をもとめて招いた悲劇のほうをより多く哀れんだにしろ、しばらくは彼らを哀れむ心づもりはあったのだ。そのうちその哀れみも尽きてしまった。

この「序文」の完成をもって、クッツェーの「ヴェトナムのための新生活」計画に対する協力を終える。

II

序文

1-1 報告書の目的

この報告書は、インドシナ紛争が第四段階から第六段階へいたるあいだの放送プログラムの可能性に関するものである。第一段階から第三段階（一九六一〜六五年、一九六五〜六九、一九六九〜七二年）のあいだの心理戦を担当した当該部門の成果を評価し、将来のプロパガンダに関する形式および内容に一定の変更を促すよう勧告する。その勧告は合州国政府機関が直接たずさわる放送事業（ヴェトナム語、クメール語、ラオ語、モン語、およびその他の現地語による事業を含むが、ヴォイス・オブ・アメリカ太平洋放送はのぞく）および、合州国による技術的助言のもとでヴェトナム共和国が行なう放送事業（おもにラジオ・フリー・ヴェトナムとＶＡＦ、つまり国軍ラジオ局）のいずれにも適用される。

心理戦の戦略は戦争総体の戦略によって決定されなければならない。この報告書が作成されているのは戦争が第四段階に突入する一九七三年初頭であり、この段階では武器としてのプロパガンダが複雑な、きわめて重要な役割をはたすであろう。国内的政治要因に依拠しつつ、第四段階は一九七四年半ば、もしくは、一九七七年初頭まで継続するものと予想される。それ以降は紛争の明確な再武装化（第五段階）となり、続いて警察／文民による再建の努力（第六段階）がなされるであろう。このシナリオは概略的なものである。したがって、紛争が第四段階の終了以降、最終段階へ突入することをも踏まえてこの勧告を計画することに、わたしはなんら懸念を抱くものではない。

1―2　プロパガンダ活動の目的および成果

心理戦をしかける目的は、敵の戦意を喪失させることにある。心理戦とはプロパガンダのネガティヴな機能である。そのポジティヴな機能とは、われわれの政治的権威が強力であり永続性があるという信念を確立することだ。プロパガンダ戦が効果をあげれば敵は弱体化する。敵の民衆支持基盤と新兵補充力を萎縮させて、戦闘中の敵兵の信念に揺さぶりをかけることで戦線離脱しやすくするのだ。同時にそれは共和国国民の忠誠心を強化することにもつながる。したがって、その軍事的／政治的可能性はいくら強調してもしすぎることはない。

しかしながら、ヴェトナムにおけるプロパガンダ活動の記録は、合州国によるものであれ、合州国の援助によるものであれ、いまだ落胆を免れない。これは一九七一年に共同調査委員会が出した結論であり、ケネディ研究所で参照できる国内研究によっても、敵対する市民、亡命者、捕虜などのインタビューをわたしが独自に分析した結果によっても、おなじ結論に達している。そのことは一九六五年から一九七二年までの放送プログラムの内容分析によって確証された。大まかに推論すれば、われわれが有効と考えてゲリラおよびその支援者に加える心理的抑圧は、彼らの忍耐力の範囲内であると結論せざるをえない。さらに推論すれば、われわれが作成するプログラムには逆効果なものがあるといえるかもしれない。したがって、われわれの調査の適切な出発点はこうなる——反政府的国民には、われわれのプログラムの浸透力に抵抗を促すような精神面および心理社会学上の体質的要因があるのか？　この問いに答えを出すことで次の問いへ進むことができる。つまり、どうすればわれわれのプログラムがさらなる浸透力をもちうるか？

1-3　統治

われわれのプロパガンダ活動には、フランツ・ボアズ（一八五八〜一九四二年、ドイツ生まれの米国の人類学者。文化相対主義を唱えた）の人類学が最初に唱える論説を適用しなければならない。すなわち、ある社会の指導権を奪取したければ、文化的枠組みの内部から指導するか、さもなくば、その文化を絶滅させて新たな構造を課さなければならない。農村部ヴェトナムの考え方を指導するには、以下のことを念頭に置く必要がある。まず農村部ヴェトナムの住民は読み書きができず、家族構成は父系制で、社会秩序は階層的、政治秩序は地方分権制でありながら専制的である。(最後の事実が、なぜ平穏時にヴェトナム共和国陸軍の指揮系統が地方独自のサトルピー(管轄権)へと暗転したかを説明している。)ヴェトナム人を個人と考えるのはまちがいだ。というのは彼らの文化は個人の利益を家族、集落、小村の利益に従属するものとするからだ。理詰めで個人的利益を誘発しても、それが父や兄の忠告より重要視されることはない。

1−3−1　西欧的理論とヴェトナム的慣習

しかしわれわれの放送計画がヴェトナムの家庭に送り込む声は、父の声でも兄の声でもない。それは自己を疑う声であり、世界のなかの自己とその自己を凝視する自己のあいだに楔を打ち込むルネ・デカルトの声なのだ。われわれの番組チュー・ホイ(降伏/和解)の声は完全にデカルト的である。その結果が良好とはとてもいえない。秘かに疑う自己の声(「なぜ戦闘に勝ち目がないのに自分はたたかわなければならないか?」)を装うにしろ、賢い兄の声(「おれはサイゴンの側につくぞ——おまえだってできるだろ!」)を装うにしろ、いずれも失敗した。理由はその声が、ヴェトナム人の思考には先例のない、疎外されたドッペルゲンガー的な理性から発せられているからである。われわれが村人の内面にいる亡霊を体現しようとしても、彼らの内面にそんな亡霊が存在したことはなかったのである。

ラジオ・フリー・ヴェトナムのプロパガンダは、好戦的な音楽、大言壮語とスローガン、諭しと呪いを用いるところがいかにも粗雑に見えるものの、分断を目的にわれわれが作成した巧妙な番組よりはるかにヴェトナム人の心情に近い。それは強力な権威と単純な選択肢を提供している。われわれが独自にまとめた統計によれば、サイゴンをのぞく全域でラジオ・フリー・ヴェトナムはもっとも人気のあるラジオ局である。サイゴン市民が合州国の梃入れする国軍ラジオ局が好きなのはポップミュージックが聞けるからだ。手元にある解放軍ラジオ（ＮＬＦ）の視聴者数はごくわずかだが、これはおそらく信頼できないだろう。合州国が運営するラジオ局の視聴者数はそれより正確だとはいえ、都市部をのぞく全域で低い数値を示している。地方住民が敬意をもって聞くのは、戦争の残虐な英雄や、謙虚な亡命者や、ブラスバンド風ディスクジョッキーの声が流れるラジオ・フリー・ヴェトナムである。夕方の早い時刻に国家警察のグエン・ロク・ビン大佐がコメントする番組があり、膨大な視聴者数を獲得している。グエンの粗雑さは西欧人の耳には聞くに堪えないが、ヴェトナム人はグエンを好む。それは荒っぽいユーモア、甘言、威嚇、さらには洞察力にすぐれたある種の狡猾さにより、彼が典型的なヴェトナム人の長兄を演じることで、視聴者とのあいだに、とりわけ女性たちとのあいだに、ある関係を築きあげてきたからである。

1/4　父なる声

父の声が天空から発せられるのはきわめて適切である。その声がB－52戦闘爆撃機から発せられるとき、ヴェトナム人はそれを「ささやく死」と呼ぶが、それが等しい破壊力をもってラジオ電波に乗ってはならないとする理由はない。父とは権威であり、変わらぬ正しさであり、遍在である。父は説得などせずに命令をくだす。父が予言したことが現実に起きる。罪の意識にさいなまれるサイゴン市民が深夜に解放軍ラジオにダイヤルを合わせるとき、その周波数に割り込む恐ろしい声は父の声であるべきだ。

父の声はプロパガンダとしては目新しい情報源ではない。しかしながら、全体主義国家の傾向として、父の声は国家の父たる指導者の声と同一視されやすい。戦時にはこの父がその子供たちに愛国者としての犠牲を払うよう強く呼びかけ、平和時にはより高い生産性をあげるよう勧告する。ヴェトナム共和国も例外ではない。しかし、その実践には難点がふたつある。ひとつは父なる存在の全知全能性が、指導者の失墜によって汚される危険があること。いまひとつは分別のある政治家なら威嚇にすら使わない罰則が存在することで、政治家があえて執行しない刑罰であるにもかかわらず、それを全知全能の父が掌握していることである。

そのような考察に留意しつつ、ヴェトナム人が兄の声を操作し、われわれが父なる声のデザインと操作を担当するという、責任の分担を提案したい。

［諜報機関と情報提供機関の境界領域の詳細を論じる退屈な三ページは割愛する。南ヴェ

トナム人相互の治安問題、および長らく待望される南ヴェトナム人による責任体制の確立に関するページである。」

141　父なる声を番組にする

限定戦争では、敗北とは軍事上の概念ではなく精神的な概念である。われわれは敵の士気喪失を理想とする概念に一応の賛意を示し、テロによる戦闘を実行するあいだはその実現に努力する。しかし現実的には、われわれが敵の士気を喪失させるために実行するもっとも効果的な行動は、あたかも心理的結果をめざす武力行使は恥ずべきことであるかのように、軍事的観点から正当化される。したがって、一例をあげるなら、われわれは敵の村々を武装拠点と名づけることでその殲滅を正当化してきたが、その作戦の真価は、家を留守にしているヴェトコンの男たちに、彼らの家屋や家族がいかに脆弱であるかを示すことにあったのだ。

残虐行為が非難されても、それが証明されなければ意味はない。われわれが一掃した村の九十五パーセントは、最初から地図には載っていなかった。

軍の上層部には、テロリズムに対する不気味なまでの、現実感の欠如がある。良心の問題はこの研究の範疇を超えている。われわれが作業を進める上で想定しなければならないのは、軍がもっぱら軍事的な価値を対テロ作戦に置くとき、彼らは独自の解釈を信奉していることである。

1─4─1─1　CT（反テロリズム）作戦

戦場に出ている者は現実をはるかによく把握している。一九六八年から六九年のあいだに、特殊部隊はデルタ地域で政治的暗殺計画（CT）を実行した。CT作戦の実行で、NLF幹部の相当数が抹殺され、生き残った者たちは潜伏を余儀なくされた。公式報告はこの計画を軍事行動ではなく警察行動と位置づけている。作戦では特定の犠牲者を確認して抹殺したが、待ち伏せて狙撃するという、標的を特化する方法を用いた。この計画が成功した理由は公式にはこう説明される――NLFは面目を失った、なぜならNLFの工作員は自分たちの自家薬籠中の武器である暗殺に対して無防備であることが、一般大衆の目にさらされてしまったからだ。

殺害を実行した者たちの見解はそれとはまた異なる。諜報機関がNLF幹部だとする情報があてにならないことを彼らは知っていたのだ。情報提供者はしばしば個人的嫉妬や憎悪から、あるいは、たんに報酬目当ての強欲から行動することがある。ヴェトナム人にとって無実は相対的なものであるにせよ、殺された者の多くが無実だったと推察される十分な根拠があるのだ。ことはそこにとどまらない。暗殺部隊のあるメンバーのことばを引用するなら「百ヤード離れたところからアジア人を個別に見分けることなんかできるもんか。やつの頭を吹き飛ばしてあとは祈るだけさ」ということになる。それだけではない。自分がマークされていると知った重要幹部は秘かに姿を消したと見なさなければならない。したがって、一二五〇人という公式の数値は、それほど重要ではない死者の数によって大幅に水増しされていると考えるべきである。

とはいえ、CT作戦の成功は明確に数値化できる。国家警察の、より正統的活動と協力することで、テロおよび破壊工作活動の件数を七十五パーセントも減少させたのである。調査官は革新的な非言語的手法を用いて――ヴェトナムでは言語による応答はどれも信頼性に欠けるため――一九六八年以前にNLFが支配していた村落出身の調査対象者の怒り、侮蔑、不服従が徐々に鎮静化されたことを記録した。自信喪失と不安にさいなまれる段階をすぎると、調査対象者は「高域値」として知られる状態に落ち着き、同時に無気力、落胆、絶望といった情動特性が見られるようになった。

ここでもまた現場の雰囲気を熟知する者たちの話にもっとも説得力がある。引用すると「やつらの度肝を抜いてやった。次にだれが殺られるか、やつらには見当もつかなかったのさ」となる。

とはいえ、こういったヴェトナム人にとって恐怖は目新しいものではない。恐怖が村社会を結束させてきたのだ。CT作戦が斬新だったのは、村を破壊するとき、村全体を攻撃せずに、村社会の個々のメンバーに、ある名前と歴史をもった個人として自分が攻撃の対象となりうることを直視させる手法を取ったことである。なぜおれなんだ、という質問に対して気休めとなる答えはない。おれが選ばれたのは不可解な選択の対象となったから、おれが選ばれたのはマークされたから。こういう不合理が調査対象者の心に浸透していく。戦争が、孤立した者に襲いかかるにつれて、集団としての感情的支え合いは冷めていく。彼は犠牲者となり、犠牲者のように振る舞いはじめる。そして絶対に狙いをはずさない狩人の獲物となる。狙いがはずれないのは、いつ攻撃しようが必ずだれかが死ぬからだ。それゆえ、犠牲者は烙印を捺されたように思い込む——死ぬようマークされている者とマークされていない者に混じって動いているおれは、いったいどっちだ？ 村社会は崩壊し、来たるべき死に対してのみアンテナを震わせながら逃げ惑う群れとなる。巣は疑心暗鬼の低い唸りをあげる（話しかけている相手は死体なのか？）。やがて、プレッシャーが持続するにつれて精神が乱調をきたす（おれは烙印を捺された、おれの鼻孔が嗅ぎつけている）。

（こうした脱政治化のプロセスの力学に対するわたしの説明は、捕虜収容所の脱政治化についてのトマス・ゼルの研究によって明確に立証されている。ゼルの報告によれば、収容所当局が方法も時間も決めずにいかにも無作為に罰をあたえる対象者を選べば、一貫して集団のモラルを破壊することに成功するのだ。）

ＣＴ作戦の教訓とはなにか？ ＣＴ作戦が教えるところは、集団の団結が弱まれば、構成員の士気喪失の閾値はさがるということだ。逆に、集団を分断せずに集団のまま攻撃すれば、構成員が精神的な抵抗力を弱めることはない。われわれのヴェトナム計画の多くは、たぶん戦略的爆撃も含めて、この原理を無視したために残念な結果を招いた。ヴェトナムにはたったひとつのルールしかない、分断、個別化あるのみだ。われわれの失敗は、ヴェトナム人に、外国の抑圧者が落とす爆弾の下で身を寄せ合い、民族としてまとまるという意識をもたせてしまったことである。その結果、全民族の抵抗を打ち破る仕事を――危険で、金のかかる、不必要な仕事を――われわれ自身が作り出してしまった。もしも村や、ゲリラ隊や、個々人に、特別な罰を受ける村やゲリラ隊や個々人という意識をもたせるようにしていたら、理由など絶対にわからないのだから、最初の反応が激怒による反撃であったとしても、罰をあたえつづければ不可避的に罪悪感という幼虫が彼らの腹のなかで成長していたはずであり、個々の敵は「わたしは罰せられる、ゆえに罪はわたしにある」と叫ぶようになっていたかもしれない。こんなことばを発する者は征服されるのだ。

1–5　父という神話

父なる声は敵対する集団の結束を揺るがす声である。敵の強さはその結束力にある。われわれは父であり、兄弟が集団で起こす反抗を鎮圧する。対決には神話的な型があり、おそらく敵は、神話内では兄弟が父の地位を強奪することを知っていて、それを拠り所にするはずだ。そんなひらめきに満ちた力が兄弟の結束を固める。自分たちは勝利すると予見することによって、さらには相争う兄弟の時代――中国人が経験している忌まわしい検点《キエム・ティエム》（文化大革命期の自己検閲、自己批判。家族内でも密告が行なわれた。「キエム・ティエム」はヴェトナム語の音）――は回避されると約束することによって、結束が強化されるのだ。

神話が真実であるのは――つまり、作戦上真実であるのは――予見的な力を有するときのみである。より深い根拠をもち普遍的であればあるほど、神話は撲滅困難となる。部族の神話は権力を維持するためのフィクションを新たに作りあげる。強力な神話への応酬は必ずしもそれに対抗する力である必要はない。というのは、対抗する力をその神話が予見しているとするなら、対抗する力はその神話をいっそう強化することになるからである。科学としての神話作成学が教えるところでは、より巧妙な対抗方法は、その神話をくつがえし作りなおすことである。もっともすぐれたプロパガンダとは新しい神話体系を普及させることなのだ。

われわれが撲滅をめざす諸神話の記述、および国ごとのヴァリアントについては、トマス・マカルモンの『共産主義者の神話および集団的統合』第一巻「プロレタリア的神話作成学」(一九六七)、第二巻「反乱者の神話作成学」(一九六九)を参照していただきたい。マカルモンの記念碑的業績は、それまでの神話に現代的修正を加えて反神話を作り出す構造全体の基礎を築いたことであり、当研究はそのささやかな一例である。マカルモンは父の打倒という神話を次のように描いている。

「そもそもこの神話は、息子を農奴のように使う父に対して、息子たちが起こす反逆を正当化するためにある。息子が成人し、反逆して父の身体を切断し、世襲財産を、つまり父なる雨によって肥沃になった大地を、分割する。精神分析的にいうなら、神話とは、無力な子供が欲望の対象である母親をライバルとしての父親から奪うための自己肯定的ファンタジーである」。この神話はヴェトナム人の一般的な意識のなかで次のような形を取る。「大地の息子たち(つまり、土を耕す兄弟集団)は土地(すなわち、ヴェトナムの大地《ボーデン》)

を奪取したいがために、古い権力秩序と見なされる天の神（外国の帝国、合州国）を打倒しようとする。大地の母は息子をその懐にかくまい、父の雷《いかずち》の矢から守る。夜になり父が眠りにつくと、息子たちがあらわれて父の男としての力を奪い、兄弟愛にもとづく新たな秩序を打ちたてる」（第二巻、二二六ページ、一〇一ページ）

1－5－1　反神話

この神話の弱点は、父親を脆弱で打たれやすいものと見なして、狙いを定めた激しい一撃を加えれば倒れるとする点だ。われわれの応戦はこれまでのところヒドラ的反撃だった。つまり首をひとつ刎《は》ねたところに新しい首を生やしてしまうのだ。われわれは消耗を戦略としている。それもはなはだしい消耗を、である。敵が、われわれには死者に取って代わる無限の補充能力があることを目の当たりにして信念をぐらつかせ、自信喪失に陥り、降伏することを願っているのだから。

しかし、ヒドラ的反撃を最終的な解決策とするのは誤りである。まず第一に、反逆の神話には屈服という結末はない。父の手中に落ちて受ける罰は、生きたまま喰われてしまうか、火山のなかに永久に閉じ込められるかだ。ひとたび屈して自分の肉体を引き渡せば、大地に還ることはなく、したがって再生もかなわない（火山は大地の一部ではなく、太陽である父の地上の基地である）。それゆえ降伏は死より悪い運命を意味するので選択肢とはならない。（さらにサイゴンの捕虜になにが起きているかを考慮するなら、この議論の直観力もまた否定しえないだろう。)

ヒドラ的反撃の第二の誤りは反逆の神話を誤解していることである。専制的な父との戦争に勝利するには刺し殺す必要はなく、屈辱的な打撃をあたえて不毛にすればいいのだ(不能と不毛に神話学的な区別はない)。そうすれば、肥沃さを欠いた王国は荒地となる。屈辱的な打撃をあたえることがいかに重要かは、親中国文化圏の価値観内にあって恥を重んじる土地柄を知る者なら、だれも過小評価することはないだろう。

ここで、より有望な対抗戦略を概説させていただきたい。

反逆の神話は天と地、父と母が共生関係にあることを前提としている。いずれか一方だけでは存立しえないのだ。もし父が打倒されれば必ずや新しい父が取って代わり、新たな反逆が生まれ、終わりなき暴力が続くが、その一方で、相方に対する母の裏切りがどれほど深くとも、母が消滅することはない。かくして母と息子たちの陰謀は終わりなく続く。

だが、歴史の長たる神話は、天と地の共生というフィクションを時代遅れにしてはいないだろうか? われわれはいまや大地を耕すことではなく、大地とその廃棄物を貪ることで生きている。新しい天空の愛へ向かって飛び立つことで、われわれは大地との縁を切ったのだ。自分の頭を使って子を産む能力を手にした。大地がその息子たちと近親相姦的に陰謀をたくらむときは、われわれの脳髄から湧き出る技術《テクネー》の女神の武器を頼りとすべきではないのか? 大地である母に取って代わり、女性器に頼らず形成された彼女の忠実な娘の時代になったのではないのか? 女神アテーナの時代の幕開けだ。インドシナという舞台で、われわれは地上の時代の終焉と、天の神がみずから単為生殖によって産んだ娘を女王に迎える結婚劇を演じるのだ。これまでの劇が失敗だったとしたら、それはわれわれが演じる役の意味を知らずに、舞台で蹴つまずいて寝込んでしまったからである。いま、わたしはその意味に光をあてる。そのめくるめく瞬間に、歴史を超越して高く飛翔する意識のなかで、われわれは独自の神話を形成しはじめるのだ。

16 勝利

父の杖の前に息子たちが膝を屈するまで、父が優しい父になることはない。

父に刃向かう息子たちの策謀は終焉を迎えねばならない。息子たちは心の底から従順にひざまずかねばならない。

息子たちは従順さを思い知るとき熟睡できるだろう。

第四段階は最後の審判の日を先送りするだけだ。

ヴェトナムの再建などまったくの問題外。問題はただ勝利することのみである。

われわれは全員、だれかの息子である。この報告を作成することにわたしが苦痛を感じていないとは思わないでいただきたい。(そうはいっても、大きな喜びを感じていることも過小評価しないでいただきたい。) 勇気には、わたしもまた興奮を覚える。しかし勇気は古風な美徳である。勇気があるかぎり、われわれはみな反逆の暴力を推進する車輪に巻き込まれることから逃れられない。勇気を超えたところに謙虚な心があり、静かな庭があり、そこなら時の周期から逃れられるかもしれない。わたしは身だしなみがよく礼儀正しい。だがわたしは未来の楽園に属する人間なのだ。

楽園が来るまでは煉獄が続く。

そこそこの喜びを感じながら、煉獄で暮らす準備はしてきた。従順さという大義に殉じなければならないなら、それに耐える覚悟はできている。わたしだけではない。広くアメリカの各地で机に向かって、わたしのような時代遅れの若い男たちが群れをなして待っているのだ。ダークスーツに身を包み、分厚い眼鏡をかけて。一九四五年にはまだ小さな少年だった世代である。そんなわれわれが位置につこうとしている。後継者になろうとしている。いずれ、アメリカの後を継ぐのはわれわれだ。われわれは忍耐強い。順番がまわってくるのを待っているのだ。

武器を取った者たちの勇気に感動しているなら、自分の心のなかをよくよくのぞき込んでみるといい。正直な目で見るなら、感動しているのは最良の自己ではないことがわかるだろう。感動しているのは信用できないほうの自己だ。それは奴隷の前でひざまずきたい、病人の爛《ただ》れた傷を洗いたい、としきりに願っている。暗い自己は屈辱と混乱へ向かってひた走るが、明るい自己は従順と秩序を志向する。暗い自己は明るい自己を疑念と不安で悩ませる。わかっている。ぼくを蝕むのはその毒なんだ。

ぼくは抵抗の英雄だ。正しく理解するなら、メタファーとしてはまさしくそうだ。血まみれの鎧のなかでよろめきながら、ぼくは平原でたった一人、直立の姿勢で包囲されている。

ぼくの書類は整理整頓されている。端然《たんぜん》と座してぼくは書く。細やかな差異をつける。世界がひっくりかえるのは、まさに細やかな差異が生じた瞬間なのだ。従順と屈辱の差異をぼくは識別する。そしてぼくの飛び抜けた知性の炎をあびて山々は崩れ落ちる。ぼくが体現するのは、血と無秩序に抵抗する識者の忍耐強い闘争なのだ。ぼくは物語だ。それは感情と暴力の物語ではなく、つまりテレビでやっている偽りの戦争物語ではなく、生命そのものの物語であり、その生命に従えばもっとも単純な有機生物でさえも泥沼に入り込みたいというエントロピー的願望を抑制して、意識という栄光へ向かって進化の道をたどることになる、そんな物語だ。

ヴェトナムには問題はひとつしかない。それは勝利の問題だ。勝利の問題は技術的なものだ。これをわれわれは信じなければならない。勝利は十分な戦力の問題であり、われわれにはありあまるほどの戦力がある。

この部分はこれで終わりにしたい。この研究課題に課せられた制約に我慢ならないからだ。闘争の第四段階は取りあげない。第五段階と全面的空爆の再開が待ち遠しい。

軍事的な標的を定めた軍事的空爆があり、また、敵の精神的な持続能力の破壊を目的とした政治的空爆がある。

計測できるようになるまでわれわれには知りえないのだ。しかし政治的空爆には死体を数えあげるような楽な計測法はない。したがって確率による計測法を使う。(すでに書物に書かれていることとの重複をお許しいただきたいが、完璧を期さないわけにはいかないのだ。）標的を爆撃するときは、成功の確率を以下のように決定する。

$$P_1 = aX^{-3/4} + (bX - c)Y$$

ここで、Xは投下する高度を、Yは対空砲火の強度を意味し、a、b、cは定数をあらわす。しかし、典型的な政治的空爆においては標的は特定されず、たんに一組の地図上の座標として公式化される。成功の度合いを測るには、ふたつの確率をコンピュータで計算してその結果を割り出す。つまり、前述のP_1（命中確率）と、爆撃対象が標的である確率P_2からである。現時点ではP_2については推定以上の数値ではないため、われわれはP_1とP_2を掛け合わせた無限小の積を圧倒的な物量で補いながら、二十四時間爆撃を決行する方針を採ってきた。この方針は第三段階ではほとんど効果がなく、爆撃がすべて秘密裏に行なわれる第四段階では効果などあがるべくもない。第五段階ではいかなる方針を採用すべきか？

ハリー・トルーマン図書館の奥まった場所に腰を下ろしているぼくを、土、鋼鉄、コンクリート、そして何マイルもの圧縮紙でできた壁が取り囲んでいる。難攻不落のそんな識者の要塞から、ぼくは母なる大地そのものを強襲するこの天翔る夢を送り出す。

一対の地図上の座標によって敵を攻撃するとき、われわれは自分たちでは解決できない数学的問題の前にこの身をさらけ出す。しかし問題を解決できないなら、座標そのものを——あらゆる座標を！——攻撃して問題を消去することは可能だ。もう何年もわれわれは大地を攻撃してきた。表向きは作物と密林への枯葉剤散布だが、内実は偶発的な砲撃と爆撃である。前述した高く飛翔する意識のなかで、われわれの行為の意味を認めようではないか。発射するミサイル二〇〇〇発のうち一九九九発を偶然のものとして、われわれは計算から除外する。しかしその二〇〇〇発はすべて、どこかに着弾し、人間の耳に響き、人間の心のなかで希望を萎えさせているのだ。一発のミサイルが本当に無駄になるのは、われわれがそれを忘れ去り、忘れ去ると敵が知るときだけだ。われわれの浪費はつましいヴェトナム人のなかに軽蔑を生み出しているが、それはもっぱら、彼らがそれを気前の良さゆえの浪費ではなく無駄な浪費だと考えるからだ。大地を荒廃させることにわれわれが罪悪感を抱いていることを彼らは知っているのだ。攻撃の瞬間その攻撃地点を人が通過する確率は〇・〇五八パーセントだとするフィクションが罪悪感に満ちた嘘であると知っているのだ。そんな隔世遺伝的な罪悪感など押し殺してしまえ！　われわれの未来は大地ではなく星々に属しているんだ。敵に、おまえは丸裸で死にゆく風景のなかに立っているんだと見せつけてやろう。

ぼくは落ち着きを取り戻さなければならない。

枯葉剤の散布戦術を嘲笑《あざわら》うべきではない。散布戦術が爆発の大音響というオーガズムをあたえてくれないとしても（アメリカに戦争を売り込むためにナパーム弾爆撃のテレビ中継ほど効果的だったものはない）、大地に損傷をあたえる作戦としては破裂弾より常に効果的だろう。ＰＲＯＰ－12散布はヴェトナムの表土を一週間で変えてしまう。ＰＲＯ

Ｐ-12は土壌を汚染する毒物、劇的効果をあげる毒物であり（再度ぼくは謝罪する）、土壌に浸み込んで暗色の珪酸塩の分子結合を攻撃し、グレーの灰のような粒状表皮を生成する。なぜわれわれはＰＲＯＰ-12の使用を中止したのか？　再定住地域の土地だけにそれを用いたのか？　われわれが行なった行為の真の意味を自分自身に明らかにしないかぎり、われわれは罪悪感と無力感による二重の罰に苦しみつづけることになるだろう。

四苦八苦しながらぼくは書いている。体調が良くないのだ。信用できない妻と、不幸な家庭と、思いやりのない上司。頭痛に悩まされる。よく眠れない。自分で自分を食い破っているのだ。休みの取り方がわかっていればたぶん休みを取るだろう。だが、事態を目にするぼくには待ったなしの歴史に対する責務がある。ぼくのいうことは断片的だ。もうしわけない。しかしわれわれにはそれが可能だ。われわれの責務なのだ。おびただしい蔵書のなかに腰を下ろしてすばらしく明晰なヴィジョンを得た書物愛好家たち。いちいち名前はあげない。耳を澄ましてくれ。ぼくは来たるべきものたちの声で語る。困難な時代にぼくは語り、どうすればまた子供になれるかをきみたちに告げる。われわれ自身のぱっくりふたつに割れた自己に向かって語りかけているんだ。われわれの内部の最悪のものと最良のものを等しく愛しながら、抱擁しろと告げているんだ。

ここは引きちぎってくれ、クッツェーよ、これは補遺だ、いいか、あんたに向かって書かれたものだ。

III

ぼくが小学校に通う寡黙な少年だったころ、ぼくの部屋には結晶の庭があった。黄土色や群青色をした針葉や葉状体が、いまにも倒れそうに突っ立っている保存用ガラス瓶の底で、石筍が結晶という死の生命力に服従していた。結晶の種子ならぼくのために成長する。ほかのやつは芽が出ない、カリフォルニアでもだめだ。マーティンのためにガラス瓶のなかに豆を植えたのは、ぼくがまだ子供の養育に手を貸していたころのことで、きれいな根をあの子に見せてやろうと思ったのに、豆は腐ってしまった。あとから飼ったハムスターもおなじ運命をたどった。

結晶の庭はケイ酸ナトリウムと呼ばれる媒体のなかで育つ。ケイ酸ナトリウムと結晶の庭について、ぼくは百科事典で学んだ。百科事典はいまも大好きなジャンルだ。アルファベット順に整然と世界をならべる方法は、いずれ、人がこれまで試みたどんな方法よりもすぐれていることが明らかになるだろう。

ぼくの視力が落ちたのは『ブリタニカ百科事典』一九三九年版のせいだ。ぼくは本が大好きな子供だった。本を糧にして育ったのだ。

近ごろのぼくは結晶のような生活をしている。途方もない生成物がぼくの頭のなかで、あの密閉された無気の世界で、花を咲かせている。最初は頭蓋を包み込む。それから嚢《のう》、羊膜だ。動くとぴちゃぴちゃと揺れる液体が感じられる。夜は月の引力で耳から耳へかすかな潮が起きる。するとぼくの形ができるらしい。

クッツェーとは楽に接することができるようになり始めていたのだ。彼のためにうまくやるつもりだった。ベストを尽くして、自分がどれほど能力があるか、どれほど並はずれた思考ができるか、どれほど細やかな差異をつけられるか、見せてやるつもりだった。もしも彼が、ぼくが本当に注目してほしいと思ったように注目してくれていたら、もしも彼が、ぼくを選んだのは正しかったと認めるそぶりだけでも見せてくれたら、それこそぼくは身も心も彼に捧げていただろう。ぼくは嫉妬深くはない。反抗的ではない。ぼくは良い成績をあげたい。彼には彼の役割があり、ぼくにはぼくの役割がある。ぼくを心優しく見守ってほしい。いつの日か、いくつかの点で彼のようになりたいとさえ思っているんだ。彼はじつは才能あふれる人間ではないが、あの考え方には権威がある。あの技は身に着けたい。ぼくの考えは一瞬のきらめきを志向しがちだ、わかっている。議論を維持することができないんだ。ぼくは規律に重きを置きたい。規律なら維持できる才能がたっぷりあると思う。もちろんぼくは忠実な人間だ。妻に対しても忠実だ。クッツェーのなかに自分を浸し切ることだって、いずれそのうち彼の忠実なコピーになることだってできると思う、たぶんあちこち自分の古い個性の響きを残しながらも。

しかし現在の彼の態度にはがっかりだ。ぼくを避けているんだ。もう以前のように微笑みかけてくれることも、調子はどうかと声をかけてくれることもない。ガラス張りの彼の小部屋（職員は全員ガラス張りの小部屋をあたえられているが、小部屋なのはわれわれが単子《モナド》だからで、ガラス張りなのはわれわれが突拍子もない考えに突き進まないようにするためだ）の外の廊下でぼくがぐずぐずしていると、彼はいかにも自分の仕事に没頭しているふりをする。彼の秘書が自分の小部屋から顔をあげて、古参の召使さながら控えめな視線でぼくを見つめる。ぼくも微笑み、頭を横に振り、ぶらぶらと自分の独房に向かって戻ってくる、がしかし、そこですることがない。これがヴェトナムについてぼくが出した見解を提出してからの近況だ。

　ぼくに恥をかいたと思わせたいんだ。だが、ぼくは恥ずべきことなどやっていない。真実を述べたまでだ。真実を告げることをぼくは恐れない。臆病者だったことは一度もない。いまになって思えば、これまでずっと、ほかのやつなら自分をさらけ出したりしそうにないところでも、ぼくにはその覚悟ができていた。若いころは詩のなかに自分をさらけ出した。独創性はないが恥じるほどの駄作ではなかった。それから権力の中枢へ近づいて、自分を表現する別の方法を見つけた。いまでもぼくの最良の仕事は、たとえばＩＴＴ（合州国の元国際電話電信会社）のためにぼくがやった最良の仕事は、一種の詩だと思っている。現在ぼくが専門とする神話作成学は哲学や批評のように開かれた分野なのだ。まだ迷宮内に永遠にはまり込んだ方法論にはなっていないのだから。マグロウ・ヒル社が神話作成学の最初の教科書を売り出したら、ぼくはすぐに目を通すつもりだ。ぼくには探検家気質があるんだ。もしも二百年前に生きていたら、大陸を探検し、地図を作り、植民地化への道を開いただろう。そんなめくるめく自由のなかでなら、自分が本来もっている能力を思い切り発揮できたかもしれない。最近、窒息しそうに感じているとしたら、それは自分の翼を広げるスペースがないからだ。これはぼくが背中に背負う厄介ごとを説明するには好都合だし、神話めいた説明にもなる。ぼくの精神ははてしない内部空間のなかを飛翔すべきなのに、悲しいかな、それを暴君のようなこの肉体が引きずり下ろしてしまうのだ。海の老人をめぐるシンドバッドの物語そっくりだ。

ぼくは病人だ、まちがいない。ヴェトナムは高くつきすぎた。悲痛なる外傷というメタファーを使おう。ぼくの王国の内部でなにかが狂ってしまった。この肉体の内側で、ぼくをおおう皮膚と筋肉の下で、ぼくは血を流している。傷は胃のなかにあるなと思うときもある。ぼくの滋養となるはずの食物に粘液と絶望をまぶして小さな血だまりを作り、さらに奥まったところの鉤状器官の曲部を腐らせているんだ。傷はぼくの眼窩の裏のどこかで涙を流していると想像することもある。たぶんそれを見つけ出して手当てしなければいけないんだ、そうしなければぼくは死んでしまう。それが恥も外聞もなく自分をさらけ出す理由だ。礼儀正しさは大切な価値だが、生命は、とどのつまり、もっと大切なんだ。

クッツェーがぼくを救ってくれると考えるなら、それはぼくの思いちがいだ。クッツェーはゲームの理論で名を成したんだ。支配の問題への神話作成学的アプローチに、すんなり共感することなどありえない。人は利益が同一であれば同一行動を取るという原理から彼は出発している。彼のキャリアは自己とその利益の上に築かれてきた。彼はぼくを、ぼくをさえ、私欲をもった一個の自己にすぎないと考えている。身体各部を包み込む一枚の膜として自己を経験しながら、内部で激しく燃えている男のことは理解できないんだ。ぼくは漫画を糧に育った（あらゆる種類の書物を糧に育った）。かつてはブーツとベルトと仮面と、ヒロイックな個人主義の衣装に身を包んだモンスターたちに心を奪われていたぼくも、いまではヘラクレスになって毒の染み込んだシャツの内部でこんがり焼かれているんだ。アメリカのモンスターもどきのヒーローには救いがある。十六ページごとに地上の楽園が戻ってきて、仮面をかぶった救済者は青白い顔の市民に変身できるからだ。一方のヘラクレスときたら、こっちはどうやら永遠に燃えつづけるらしい。ぼくの内部から吐き出されるこの物語にはいくつかの重要な意味がある、でもぼくは疲れた。その意味が問題を解く鍵かもしれない、それは書きとめておこう。

　クッツェーはぼくが姿を消せばいいと思っている。すでに、ぼくはいないという話がみんなに伝わっている。彼の秘書はさも深刻そうな笑みを浮かべてうつむく。だがぼくは姿を消したりしない。彼らがぼくを見ようとしないなら、ぼくは幽霊になって廊下に出没してやる。彼らの電話を鳴らし、トイレを流さない幽霊になってやる。

　MIT出身の青二才《ボーイズ》たちが嬉々として、魚を汚染する新しい方法について話している。ぼくは壁をにらむ。昼さがりの光があふれる窓枠をにらむ。光がぼくの頭のなかの苦痛の巣窟を直撃する。ぼくは眼球をぐるりとまわしてあくびをする。ぼくにはどこかグロテスクなところがある。この立方体の建物のなかで、ぼくはなにをしているのか、ここにいる人たちのなかで、なにをしているのか？　消耗感から涙がほおを流れ落ちて、自分のベッドが恋しくなる。ぼくは不運だ。ぼくはソープストーンになっていく。人形になっていく。

ときどき妻がいる家の小さなベルを鳴らす。向こうが受話器を取るとぼくは電話を切るか、荒々しい息遣いをする、新聞に書いてあったように。

通話はすべて公安局によって盗聴されている。

マリリンの電話の底にぼくは万年筆をテープでとめておいた。彼女がそれを見つけたら、盗聴器だと思うだろう。クッツェーがそれを見つけたら、アームコ社製の小型爆弾と勘違いするだろう。

昨日マリリンが電話に出なかった。ぼくは受話器を置いて、そいつが発する衝撃波が市街を横切り、郊外を抜けて、ぼくが家賃を払っている家の壁を通過するのをじっと聞いた。四十回、六十回、八十回。なんだか変だな、とぼくは独語する、まったく柄にもなく、自分から行動を起こそうとしている！　頭のなかがずきずきする。抑え込まれていたものがあふれてきた。危機感で高ぶりながら午後の暑さのなかに足を踏み出すぼくに、ライト・ガード（男性用デオドラント）の強い香りがまとわりつく。猛スピードながらアイロニーの神には耳を貸さずに、慎重に車を走らせた。ぼくは、足裏の皮は分厚いがすばしっこいんだ。三十分もかからずに家に着いた。マリリンのフォルクスワーゲンはカーポートのいつもの場所にあった。ぼくは忍び足で家の裏手にまわった。家の持ち主が自分の妻をのぞき見して逮捕される小説がある。ぼくは寝室の窓からのぞき込んだ。マリリンが部屋着を着てベッドに腰かけ、雑誌のページをめくっていた。別刷りページ（サンシルク、コカコーラ）が健康な笑みを浮かべながら彼女の指のあいだで、水族館のような彼女の世界の冷たい静けさのなかで、ひらひらと揺れた。急に彼女が愛おしくなった。ガラスの向こうに手を伸ばしたいと思った。ぼくは照りつける陽差しのなかにうずくまり、じっと観察しながら、隣人がぼくに目をとめないことを祈った。

夜毎の夢をぼくは見つづけている。明快だが陳腐なその構造はぼくのナイフにかかればなすすべもなく正体をさらし、そこで語られることにぼくの知らなかったことはない。周期的に覚醒すると、そこは妻が寝ているベッドで、彼女は自分の眠りのなかで身を固くしている。わが肉の肉、わが骨の骨（『創世記』二・二三）、だが彼女はぼくにはなんの助けにもならない。

昨夜、家《ホーム》の夢を見た、その鉄格子の前でぼくが孤児さながらこの一年をすごした本当の家の夢だ。ぼくのヴェトナムの写真のなかの顔が、いくつも、光沢のないぼやけた背景からぼくに向かって漂い出てくる。笑顔の兵士たち、無表情な捕虜たち（子供はぼくの好みではない）。ぼくは解放されて有頂天になり、右手を伸ばす。ぼくの指は表情豊かに、意味ありげに、愛情を込めて、彼らの細い肩に近づくが、頭のなかの実体を欠いた夢の空間でよくあるように、つかむのは虚空だ。その動きを、愛（胸を広げ、腕を伸ばす）と落胆（からっぽの手、からっぽの心）の動きを、ぼくは何度もくりかえす。この夢の飾らない率直さにありがたいと思いながらも、そのモラルの単調な反復にはやっぱり飽き飽きして、夢から出たり入ったり、夢に溺れては覚醒する。顔たちが戻ってきて、ぼくの内なる目の前にぬっとあらわれる。にやりと笑う白い歯、目隠しされた眼差し。ぼくが手を伸ばすと、幽霊は後ずさり、ぼくの心は細い裂け目ですすり泣く。窓を調べる。だがこの夢に夜明けはない。彼らを包む聖なる炎からイメージがぼくに歌いかけ、ずるずるとぼくをその希薄な幻の世界へ引きずり込む。ぼくはだんだん苛々してくる、すねたように寝返りを打つ。どうせ、心の痛みに胸をかきむしりたくなっても、最後はいつもの心の痛みになるんだ、のけ者にされた孤児といういつものやつに。もしぼくに我慢できないことがあるとしたら、それは内部に教訓を叩き込まれることだ。

くそ面白くもないベッドのなかのくそ面白くもない夢。ぼくの夜のなかをマリリンのうつ伏せの顔が漂っていく。ぼくは鉤爪を差し込んで引っぱる。血の気のない肉片が剝がれて、彼女はどこかへ消える。彼女の腕にぼくの指が触れる。起きているときより熟睡しているときのほうが温かい。細胞と細胞がぴたりと密着する冬眠の恍惚。虎の檻に入れられた男が、ぼくに向かって黒い目をきらりと光らせる。ぼくはぐいと手を伸ばす。

IV

われながら驚いている。やってしまった。結局、それほど難しくはないんだ。

ぼくがこれを書いているのは（この途方もない行動をぼくが正しく理解できているかどうか見てみよう）ヘストンという人口一万人の町の郊外にあるロコ・モーテルで、いや、ひょっとするとドルトンの町かもしれないが、ぼくが生まれたカリフォルニア州のサンバーナーディーノ山脈のふもとの斜面にある町だ。はちきれんばかりに意気揚々と、紛れもない現在、こうしてぼくは書いている。あたりにはなにもかも身が引き締まるようなリアリティがある。目をあげて視線を少し左にずらすと、窓ガラス越しに、中庭をはさんで二十一番から三十番までのドアがならび、その向こうに白い雪をいただいた青と白の山脈が見える。昼は、警戒するぼくの耳に鳥の歌がひっきりなしに入ってくる。鳥の名前はわからないが、時間さえあれば、本を調べたり情報提供者から聞き出したりして、きっと覚えられる。昨日ぼくたちは（マーティンとぼくだ、とマーティンを紹介すると）森を初めて散策した。そこで首のまわりが緋色の鳥を見かけた。ワン・ツー・スリーと鳴く鳥だった。名前がわからないので、ぼくたちはその鳥をワン・ツー・スリーと呼んだ。マーティンはご機嫌だった。なかなかきつい散歩だったがよくがんばった。いつもならだっこしてくれとぐずるのだが、それは母親の扱いのせいだ。子供というのは子供扱いされると成長しないのだ。ぼくといっしょのマーティンは小さな大人だ。父親を誇りに思い、父親のようになりたいと思っている。歩いたのでほおがぽっと赤くなっていた。夕暮れに帰ってきて夕食をたっぷり食べた（ホットケーキ、アイスクリーム、オレンジジュースの三品）。もりもり食べる子供を見るのはいいもんだ。ふだんのマーティンは食が細い、それも母親があまやかすせいだ。

ここではジョージ・ドゥーブとその息子という名で宿泊している。ドゥーブというのは常々おかしな名前だと思ってきたので、そんな名で暮らすことになったのは愉快だ。車の登録となるとそれほど簡単にはごまかせない。それでも——と自分に言い聞かせる——ぼくが万が一に備えるのは用心深さがぼくの習性だからだ。マリリンは自分を笑い者にしたくないだろうから、ぼくたちのことを行方不明だと届けたりしないだろう。

自分の心をのぞき込むと、こうしてぼくがいなくなったいま彼女がなにをしているか気にしていないことがわかる。結局、絆を断ち切るのは難しくはないのだ。ただ自分に向かって、はっきりとことばにすればいいだけだ。「おまえは荷物を詰める。息子の手を取って家から出る。小切手を現金に替える。町を出る」と。そしてそのとおりにぼくはやった。自分に命令するのは、習い性となった従順さを演じるトリックで、これをしばしばぼくはやる。三十三は、神話学的にも絆を断ち切るには正しい年齢だ。マリリンは元気をなくすだろうが、ぼくは彼女に投入したものを引き揚げる。クッツェーが死ぬってこともありうるが、その可能性は低いだろう。

いまのぼくには結婚生活の問題よりずっと大きな意味をもつのが名前の問題だってことはわかっている。インテリ気質の多くがそうであるように、ぼくは名前ではなく関係についての専門家だ。森にいるソングバードのことを考えてみるといい。他の現象とおなじように、彼らの関係はずっと単純だ。したがって人はもっと複雑な関係にまつわる諸事を好み、ソングバードを無視しがちだ。これこそ方法が主題《サブジェクト》にふるう不運な暴挙の一例である。ソングバードの名前と、さらに、選び抜かれた植物や昆虫の名前を覚えるのは健全な矯正手段になるだろう（哺乳動物の名前をぼくは子供のころに覚えた）。昆虫はじつに魅力的だと思う。鳥よりもはるかに魅力的だ。昆虫たちがその行動で成し遂げる不変性には感動する。ひょっとしたらぼくは昆虫学者になるべきだったかもしれない。

現実に接すればやる気になれる、それはまちがいない。ぼくが望んでいるのは、ぼくにそれが制御可能ならば、現実との強固で長く続く交わりがぼくの性格に良い影響をおよぼしてぼくを健康にしてくれ、さらにぼくの書くものの質を高めてくれることだ。雪をいただく峰々の光景に自分はもっとふさわしくありたいものだ。前にもいったように、それは目をあげて視線を少し左にずらすとぼくのものになる光景だ。（まっすぐ正面を見ると楕円形の鏡のなかに自分の顔が見えて、屈辱的な思いになる。影が薄くなっていくこの被写体《サブジェクト》に、まあ、ぼくはふさわしいか。）ありがたいことにぼくには、セミ、オランダ楡の立ち枯れ病、ムクドリモドキ、としっかり意味を把握して三つの名前をあげ、それを長くて緻密な文章内に織り込む能力があるので、読者にいまぼくが紛れもなくそのさなかに身を置く複雑な自然界の明解な意味は伝わるだろう。かたわらに『ハーツォグ』（ソール・ベローの小説）と『ヴォス』（パトリック・ホワイトの小説）という評価の高い二冊の本を置いて、分析にたっぷり時間を費やしながら、ぼくは、著者たちがそのモノローグに、鏡のなかの現実世界の雰囲気をあたえようと駆使するトリックの謎を解いていく（煎じ詰めれば彼らだってぼくとあまり大差なく、来る日も来る日もたった独りで部屋に腰を下ろしてことばを紡ぎ出したんだ、蜘蛛が分泌物で巣を張りめぐらすように――このイメージはぼくの独創ではないが）。普通名詞の語彙集が必須のようだ。ひょっとしたらぼくは作家として生まれついていないのかもしれない。

そのあいだ、マーティンはおとなしくそばの床で遊んでいる。モーテル暮らしにも慣れて、ぐずることもない。ダブルベッドでいっしょに寝ている。ぼくは彼の側で、ぼくはぼくの側で。そうやって寝るのがマーティンは気に入っていて、ぼくは彼のために我慢するが、ぼくはぼく子供というのはいっしょに寝るには落ち着かない相手だ。食事は隣のロードハウスでする。モーテルやロードハウスを長い緻密な文章内に織り込むのは難しいが、そうすれば一応、正しい方向へ向かうような気がする。こうしてぼくがものを書いている部屋のこともまた横糸として編み込めるかもしれない。ぼくはベッド脇に腰を下ろして、小さなサイドテーブルの上にかがみ込んでいる。どうも落ち着かないが、ドルトン（あるいはヘストン）がモーテルの部屋に書き物机を備えつけるとは思えない。壁にかかった楕円形の鏡のことはすでに書いた。

マーティンはジグソーパズルをはめ込んでいる。それが完成してできる絵では、ドアのところでママ・ベアがいってらっしゃいと（ギンガムのエプロンに、詰め物の）手を振って、（釣竿を握った、麦わら帽子の）パパ・ベアと、（エビ捕りの網を持った）テディ・ベアと、（ピクニック用のバスケットを抱えた）スージー・ベアが、庭の小径をたどって明るい陽光のほうへ出ていくところだ。マリリンとぼくはマーティンにスージー・ベアみたいな妹を作ってやらない良識はあった。黄金時代のアダムのように、彼は自分が一人ぼっちであることさえまだ知らないのだ。熊の家族に飽きてくるとまたスパイダーマンの冒険を読むか、お昼ご飯の時間まで、ぼくの車のハンドルを握ってその気になり、次々に思い描く冒険に夢中になって遊ぶだろう。そのあいだぼくは書き物を続ける。マーティンには、午前中はぼくのものだとはっきりといってあるんだ。午後になれば彼とぼくは森へ散歩に出かけて、そのあとたぶん彼になにかおごってあげることになるだろう。

そろそろ汚れた衣類をなんとかしなければならない。

ドルトンでの四日目にマーティンがぐずりはじめた。洋服ダンスの扉と絵をかけたフックに張りわたした紐から洗濯物がぶらさがっている。掃除人が来るときは、紐を抽き出しに押し込んで片づけておく。ぼくの下着はかび臭い異臭を発している。こんな暮らし方には満足がいくとはとてもいえない。それでも、こそこそとコインランドリーで詮索好きな町民の目にさらされながら、洗濯機の回転が終わるのを待つような度胸はまだできていない。

マーティンはいつもの自分のおもちゃが欲しいという。ここでぼくたちがなにをしているのか知りたがる。いつ家に帰るのか知りたがるのだ。その質問にぼくは答えられない。彼は大声で泣くこともあるし、かんしゃくを起こすこともある。あまり声が大きいと浴室に閉じ込める。厳しすぎるかもしれないが、非理性的な振る舞いを大目に見る気にはなれない。最初の静かな数日がすぎて、ぼくは自分の神経がまたずたずたになりかけているのを感じる。子供をまぬけに育てようとした情緒不安定でヒステリックな性格の女からあの子を救い出してやったのに、それがいまやぼくにとって重荷でしかない。ぼくがどれほど唐突であろうと、あるいは暴君のように見えようと、意図するところは純粋なのだと子供が納得する、そんな情熱と信念を込めた話し方というのはないのだろうか？ どれだけ大声で叫ばなければならないのか、どれだけ激情に駆られて大きく見開いた目をぎらつかせなければならないのか、どれだけこの手を震わせなければならないのか？ すべては最良と考えてのことだと彼が考えるまでに？ ぼくは父の愛で彼を愛していて、彼が成長していまのぼくのようにはならずに幸せな人間になってほしいと強く願っているだけだと彼が考えるようになるまでに？

彼は親指をくわえて眠っている。不安感のあらわれだ。

この場所でぼくは幸せでなければいけない。絆を断ち切ったんだから。ぼくの肩越しに息を吐きかけてくるものはいない。ぼくの時間はぼくだけのものだ。それでもまだ解放されないままだ。旋回する無言の環のなかに沈んで、鳥の鳴き声と父性愛と午後の散歩に感化されて透き通った瞑想の歓喜に酔いしれたいと思っていたのに、気がついてみると自分はただロコ・モーテルのなかに腰を下ろして、夢想にひたり、なにかが起きるのを待っているだけだ。われわれの内部で行動をもとめていななく、いにしえの声はだれのものだ？ぼくの真の理想は（ぼくが心から信じるのは）終わりなき対話であり、登場人物の自分が自分に向かって自分を無限に読み解くことなのだ。そのやむにやまれぬ行動が阻止されたために戦争が起きて、戦争をめぐるぼくの対話が、逆にぼくを毒することになったのか？もしもぼくが若き兵士で、学者としての空想上のヴェトナムを踏みしだいていたなら、自分を解放できたのか？　行動する男たちにもっと死を、もっと死を、とぼくは叫ぶ。一九六五年二月（米軍の北爆開始は翌三月）以降、彼らの戦争はぼくの生き血を吸って生きながらえている。ぼくにはわかっている、わかっている、わかっているんだ、ぼくの男らしさを内側から食い破り、ぼくの滋養となるはずの食物を貪り食ってきたものがなんなのか。それはあれだ、子供だ、ぼくの子供ではなく、かつてぼくの身体のどまんなかに、しゃがみ込むようにして押しつぶされていた黄色い赤児が、ぼくの血を吸い、ぼくの排泄物で成長し、一九七三年の今日、中空のこの骨の内部で四肢を伸ばす巨大なモンゴル小僧になって、にやりと笑うその歯でぼくの肝臓をかじり、胆汁質の汚物をぼくの体内に排泄し、絶対に出ていこうとしない。そんなものは終わりにしたいんだ！　ぼくは解放されたいんだ！

車が一台、二台、やってきて停まる、どっちつかずのこんな時刻に。ドアが、少なくとも四つあるドアが、カチャ、カチャと音をたてる。ここは田舎だからなんでも聞こえる。ぼくを訪ねてくる客のお出ましか。最初、彼らは話をつけようとするだろう。うまくいかないときはぼくを攻撃するだろう。ぼくの準備はできている、つまり、ぼくはカーテンの裏に立って冷や汗をかいているということだ。暴力には慣れていないんだ。彼らが中庭を歩いてくる。忍び足で、はっきりそれとわからないような忍び足で、そして、つぶやき。計画を練っているな。

巧妙にぼくは機先を制する。彼らがノックする前にドアを開けて、抜け目ない、あけっぴろげな顔を突き出してやる。思ったとおり彼らは背の高い制服を着たやつらで、そこに混じった白いレインコートの女はマリリンにちがいない。既視感《デジャ・ヴュ》がするりとぼくを包み、ぼくは喜んでそれに浸る。

マリリンの顔がなんだか変だ。月明かりは人の目を迷わすものだが、左側がやけにふくらんで見える。そのふくらみが動く。彼女が話している。でもこの、彼女の話ってのが本当にぼくのことを案じたものであったためしがないんだ。ぼくは待つ。ごめん、といって彼女の話を遮りたい。でも、そうするとぼくの立場が悪くなる。ぼくは待ちつづける。背の高い金髪の女、くっきりした褐色の目鼻立ち、ぼくが結婚した、水着モデルの横柄さと不可解さ、その女が屈強の男たちのあいだに立っている。話しているうちに怒りで女の頭がかくっと動く。彼女のことは高く評価してほしい。妻を誇りに思っていないわけではないんだ。別居しているとはいえ。

だがその話ときたら！　いま聞こえてくるのは、短気で一方的で、まるで喧嘩腰じゃないか。こんな話はいやだ。見ず知らずの人間の前で醜態をさらすなんていやだ。マリリンのむら気ならわかっている。こんな状態の彼女に理を説くのは無理だ。「頼むから出ていってくれ、マリリン」とぼくはいう。声が小さい。胸から響くような声が今夜は出ないらしい。「頼むからとにかく出ていってくれ」と一瞬、彼女の声より大きくなるぼくの声は、忍耐強く、疲れている。「落ち着いたら話し合おう。今夜は話をする気になれない」ぼくは任務を担う誠実な父親であり、眠っている赤ん坊を護る番犬なんだ。苦境に立たされた心細さが全身を貫く。この男たちが彼女の敵にまわればいいのにと思う。きっと妻たちのことなら、夫婦喧嘩のことなら、わかっているだろうに。二人が彼女の脇を固め、もう一人が後ろに立つ。

いま彼女ははっきりとことばを口にしている、容赦なく大きい声で、怒っている。これでは隣室の人たちが起きてしまう。下劣な動機だ——ぼくは下劣な動機のこのドラマから解放されるために泣くのか。「出てってくれ」と泣き声になる。「出てってくれ、ぼくを放っておいてくれ。来てくれといった覚えはない。きみの暮らしぶりにはもう我慢できない」

彼女はさらにいいつのり、「わたしを、なかに、入れて」ともいう。彼女が発した三つのことば。

「マーティンならだいじょうぶ、完璧だ」とぼくは彼女に伝える。「それにこんな夜中の時刻に理由もなく起こしたくないんだ。さあ、お願いだから出てってくれ」ぼくはドアを押して閉めようとする（そうしたくてたまらなかったんだ）。ドアが彼女の手首をはさむ、それほど力は入っていない、白い拳がくねるように室外へ出るのをぼくはじっと見ている。

いまやごつい拳がドアを叩いている。「ユージン・ドーン？」またぼくの名前だ。ここはぼくも勇気の見せどころだ。「そうだ」しわがれ声になる。（どういう意味だ？「そうだ」って？「そうだ？」って？）「法務官です、どうかドアを開けてください」なんとやすやすと口にするものか、こんな強烈なことばを。もちろんこれは事件だ、まだ起きてはいないが。ぼくは「いやだ」というが、相手に聞こえたかどうかわからない。「ドアを開けてください」と新たなことば、豊かで自信に満ちて親切といえなくもない。警察もなかなかやるもんだ。ドアの隙間に口を近づけてぼくは応じる。「なぜドアを開けろというんですか？」こういうやり取りならいつまでも続けられる。「あなたがたがだれなのか、どうやって確認できるんですか？」愚かしい質問だ。できることなら取り消したい。

「あなたはこの女性の夫ですね？　ミセス・マリリン・ドーンの？」

「そうだ」

「部屋のなかに子供がいっしょにいますね？」

「ええ、ぼくの子供です」まだ対話だ。

「裁判所の法務官として来ました。ここに裁判所命令もあります。あなたは即刻、あなたの奥さんをお子さんのところへ行かせる義務があります」

「いやだ」

しょうもないこの「いやだ」ではなく、なにかもっと気の利いたことをいえるといいのにと思ったが、自分で自分をしっかりコントロールできているとは思えない。このごついやつを喜ばせてやれたらこんなに嬉しいことはないのに、部屋のドアを開けて、異常はないと見せてやれたら、ぼくが模範的な保育者であり、当の子供はまるまると太って上機嫌で、満ち足りてぐっすりと眠っていることを見せてやれたら（ところがマーティンが唸り声をあげはじめる、騒音で起きてしまうじゃないか）。マリリンが立ち去ってくれさえしたら、ぼくは彼の頼みはなんでも喜んで聞いてやるのに。だが彼女はそこに立ったまま、ぼくが仇討人によって恥をかかされるのを待っている。ぼくは上気する（ぼくには激昂する能力があるんだ）。「いやだ」とぼくはいう。「こんな夜中には無理だ、いやだ、ぼくはドアを開けるつもりはない、帰ってくれ、朝になってから来てくれ、ぼくは眠りたいんだ」

ドアには鍵がかかっている。男たちが窓を試して（カーテンに映る人影）、なにかささやきあっている。窓から目を離さずにぼくはマーティンをベッドから抱きあげて彼の頭をぼくの肩にのせる。「ほらほら、いい子だ。外に人がいるけど、すぐに帰ってしまうからね、そうしたらまたぐっすりと眠れるよ」という。彼は泣きじゃくるが、いつもの癖にすぎない、半睡状態だ。足がほとんどぼくの膝まで垂れている。大きくなったら背が高くなるんだろうな。

暗い部屋のまんなかにぼくが立ち、外で警察が小声で話している。いったいどの映画の場面だ？　われながら自分の無謀さに驚き、ぞくっとする。ひょっとするとまだ男になれるかも。

鍵穴に鍵が差し込まれる。連中が鍵をもってる、フロント係から手に入れたな。

ドアが開いて月明かりが流れ込む。いきなり妻があらわれて、まわりにも数人いて、なかには帽子をかぶった男もいる。みんなぼくの寝室になだれ込んでくる。照明が点くと、暗闇に馴染んだ目にはまぶしすぎて、ちっちゃなマーティンがぼくの腕のなかで魚みたいに身をよじる。ぼくは喉の奥で抗議の声をあげようとする。しかしすべての動きはまばゆい光のなかで静止して、ぼくはもう敏速に頭をめぐらす必要がなくなる。ぼくは喘ぎ、汗ばみ、そして疑いようもなくちょっと自暴自棄になり、これがたぶん人が自暴自棄になるってことかと思う。

「さあ、それをよこしなさい、さあ」と男は優しく、自信に満ちた、ぼくが好きになれそうな声でいって、ぼくに向かって歩いてくる。着心地のいいダークグレーの服に帽子をかぶり、金属のバックルとバッジがぼくに向かってキラッと光る。彼を前にするとぼくはちょっと怯え、ちょっと恥ずかしくなる。五歳の子供の後ろにうずくまるぼくは緑と白のパジャマ姿で(パジャマの緑のせいでぼくは蒼白に見えて)ズボンの前ボタンが一個とれている。こんなふうに乱入されるなんてフェアじゃないと思いながら、彼にそういえないぼくは完全にことばに見放されている。そう思いたくはないが、ぼくは本物の窮地に陥っているんだと思う。運良くぼくは自分から遊離しはじめて、離れるにつれて身体が無感覚になっていく。ぼくの口が開く、自覚はあるんだ、それが自覚だというなら、ふたつの冷たい分離した厚板——きっと唇だ、それに一個の穴——きっと口だ、そしてそれ——舌、を穴から押し出せるのでそうする。なにかいえといわれなければいいが、無感覚に加えてひどく汗ばみ、蒼白になってるんだから、魚みたいに。それに通常ぼくが意識と考えるものが後ろ向きに幾何級数的に加速しながら、ある公式に従って、ぼくの後頭部から飛び出していくので、それを維持していられるかどうかさえ心もとない。ぼくの正面にいる人たちが小さくなっていくので危険性が徐々に減っていく。彼らは上下に揺れてもいる。ぼくがこうして詳細を記録するのを、その場のみんなが認めている。

ことばをいくつか聞き逃してしまった。

しかし、時間をあたえられたら記憶をたどりなおして、そういったことばがまだ記憶のなかで響いていることを確認できるだろう。

「……それを下に置いて……」それを下に置け。この男はぼくにそれを下に置くことを要求している。

この男がぼくのほうへ歩いていくる。ぼくが放心して部屋から出ていって眠り込み、いくつかことばを聞き逃してまた戻ってきたいま、男がカーペットの上を歩いてこっちへやってくる。なんて運がいいんだ。「瞬時」とはまさにこういうときのことばだ。

それを鉛筆のように握って、ナイフを突き立てる。子供は手足をばたつかせる。長い、平らな氷のシートの音が響く。

彼がいっているのはそれか、ぼくに下に置けと彼がいうモノ。ベッド脇のテーブルにあったフルーツナイフ。ぼくの親指の腹はまだ皮膚がぽんと弾けた感触を覚えている。最初にそれは、直角にかかる圧力に抵抗する、こんな子供の皮膚なのに。それから――ぽんと弾ける。あるいはぼくの手が、そのぽんという音を聞いたのかもしれない。静かな田舎なら遠くの機関車の立てる音が足裏に感じられるように。だれかが叫んでいる。ぼくの妻マリリンだ、彼女もここにいるんだ（ぼくの心はいまではとても澄明だ）。彼女が心配する必要はないんだ、ぼくはだいじょうぶ。ぼくはマーティンの後ろに膝をついて彼の肩越しに、なにもかもだいじょうぶだと知らせるためににっこり笑うが、振り返ってみて、ぼくの微笑みがだいじょうぶの笑みとしてはたして正しい笑みかどうか確信がもてない、微笑むときに歯を出しすぎると、その歯に光が当たりすぎるからだ。マーティンがずり落ちないように彼の胸に手をまわしてしっかりと抱えつづける。フルーツナイフが刺さってそれ以上入っていかないのは柄のせいだ。

すごい驚き。ぼくは強烈な一撃を喰らった。なんでそんなことになるんだ？　完全に制御不能だ。光がぼくの頭のまわりで輪を作っている。ぼくの経験でひとつだけずっと変わらないのはカーペットの臭いだ。カーペットの臭い――その臭いのなかに子供のころよく寝ころんで、暑い日の午後、考えたものだ。世界のどこにいようと、カーペットはおなじ臭いをしていて心が落ち着く。

いま、ぼくは傷つけられようとしている。いま、だれかが本当にぼくを傷つけている。すごい驚き。

V

とうとうこんなことになってしまった（ぼくとしてはなるようになれで、明解かつ機能本位のことばを何度でも述べる）――ぼくのベッド、ぼくの窓、ぼくのドア、ぼくの壁、ぼくの部屋。このことばたちが大好きだ。それらを膝にのせて磨き、愛撫する。ぼくにとってはどれも愛しく、ここへたどり着いたいまとなっては、絶対に失うまいと心に誓う。ことばたちは静かにぼくの手のうちに収まっている――ぼくにウィンクを返してくれて、ぼくのためにほのかな輝きまで発して、落ち着いているいま、ぼくはここにいる。ことばたちはぼくの果実であり、ぼくのために大きくなる葡萄の房だ。ぼくの木のなかで光るいくつもの星なんだ。そのまわりでぼくはゆっくりと、間抜けた足取りで、調和に満ちた幸せなダンスを踊り、そのまわりで踊りつづける。ことばのなかでぼくは生き、ぼくのなかでことばが生きる。

この簡素な場所は簡素さを必要とする男たちのためのものだ。ここに女はいない。この施設に収容されるのはすべて男だ。女が入ってもいいのは面会日だけだが、ぼくは面会が嫌いだから訪ねてくる者はいない。医者たちは、さしあたりぼくには休息と規則正しい生活、そして自分を自分で理解するチャンスが必要だというが、ぼくもそう思う。ぼくはたいがいのことでは医者のいうことに同意する。彼らはぼくの状態を心から気にかけてくれて、ぼくが良くなることを願ってくれる。ぼくは彼らを助けるためならなんでもやる。ぼくの愛のエネルギーをぼくの部屋に集中させることが、彼らを助けることになると思う。安定した愛着を形成できるようになることが治療の一部なんだ。外の世界へ出ていくときは、その愛着をなにか新しいものへと転移しなければならないだろう。いまのぼくが考えるのはアパート、食事用のキチネットとほかの要求を満たすバスルームのついたワンルームアパートだ。

　しかしそれはまだ先のことだ。出ていっていいといわれるまでに、ぼくは自分が犯した罪を受け入れられるようにならなければいけない（罪は罪だ――ぼくは物事をその名前で呼ぶことを恥ずかしいとは思わない）。昨夏に起きたことを何度もくりかえし医者たちと話し合ってきたが、その結果いまは、警察が押し入ってきたときぼくはパニックになったという結論に達しつつある。とどのつまり、ぼくは暴力の、物理的な力の扱いに慣れていないんだ。パニックになるのは最初のごく自然な反動だ。それがぼくに起きたことだ。ぼくは自分がなにをしていたかわからなかった。でなければ、自分の子供を、血肉を分けた自分の子供を傷つけるなどということを、どう説明できる？　ぼくはもうぼくではなかった。もっとも深い意味において、マーティンを刺したのは、本当のぼくではなかった。ぼくの医者たちはそれに同意してくれると思うし、あるいは同意するよう説得できると思うが、彼らの主張では、ぼくの治療はずっと過去にさかのぼって、ゆっくりと現在へ進みながらなされるべきだという。彼らの主張が妥当だということはぼくにもわかる。性格のすべての欠陥は、子供時代の養育の欠陥なのだ。だから、さしあたり、ぼくたちは、マーティンの子供時代ではなく、ぼくの子供時代について話し合っている。とはいえ、ぼくはマーティンに知ってもらいたい、ドルトンの出来事でぼくがやったことを悔いていると。悔いているのは自分がやったことだけではなく、彼とぼくが失ったものもだ——ドルトンで、ぼくたちはいっしょにいて初めて幸せだったと思う。振り返ってみると、いっしょに森を散歩したことを思い出すだけで楽しいノスタルジーを感じる。子供らしい笑い声がまだぼくの耳のなかで響いている。あのとき彼はぼくを愛していた。あんなことをしたのはすまないと思う。すまないとは思うけれど、ぼくは罪悪感にさいなまれてはいない。なぜなら、もしマーティンが、ぼくが置かれていたストレスのことを理解するなら、許してくれるだろうと思うからだ。それに罪悪感というのは不毛な心的傾向であって、ぼくの治癒を後押しするものではないと考えるからだ。

マリリンについては（過去に決着をつけるために）、彼女のことを詳しく述べるにはぼくの健康状態が不安定すぎる、と全員の意見が一致している。一度、彼女に手紙を書いた。薬の効果だったのだろうか、すばらしくバランスのとれた控えめな手紙だったが、それは出さなかった。マリリンについて考えなくていいのが嬉しい。ぼくの人生における面倒事の大半は女たちによって引き起こされてきたが、確かにマリリンはぼくがしでかした最悪のまちがいだった。

人生において秩序を維持することは重要だ。というのは、ぼくをまた元気にしてくれるのが秩序だからだ。ぼくが送っていた人生には不確定要素が多すぎた。秩序正しいのが好きな気質なんだ。行く先々でぼくは秩序正しくしようとしたが、みんなはぼくを誤解した。ヴェトナムに関して書いたものでも、これについては心が乱れて不安定になるので考えないようにしているが、ぼくは大いなる苦戦を強いられながらも、混乱するある地域に秩序をもたらそうと奮闘努力したんだ。うまくいかなかったけれど。

ぼくの小さな目覚まし時計（パリのバンフィット社製）はすごく助けになる。朝の六時に世話係がまわってくるのは、顔を洗おうとしない者に顔を洗わせるためだ。もちろんぼくはちゃんと洗う。目覚ましを五時四〇分にかけておいて、彼らがやってくるころには歯を磨き、髪も梳かし、準備万端整えて微笑みながらドアのほうを向いている。そういう患者が評価されるんだ。ぼくは厄介者ではない。ぼくが模範的で友好的な協力者なのは、この養生法とぼくがいま受けている治療法によって、ぼくが治癒して、ふたたび精一杯生きていけるようになるのを知っているからだ。疑念はない。ぼくはポジティヴに考えている。

ぼくは食堂では食べない。そこで食べる資格はあるけれど、この段階でそうするのはぼくにとって良くないと主治医たちに伝えたので、彼らも同意している。ほかの患者と雑談するなんて、考えるのもいやだ。じつにさまざまな理由からここへやってきた、じつにさまざまな人たち。ちゃんと服を着ていなかったり、見かけを気にしない人が多い。施設での生活は彼らに良い効果をもたらしていない。悪化しただけの者もいる。できればそんな連中とはかかわりになりたくない。おまけにぼくは患者たちから好かれないだろう。偉そうだといわれてひどく嫌われるだろう。そういったことをすべて丁寧に、医者たちに説明したので、彼らは理解している。

施設での生活からは恩恵を受けたいが不利益は受けたくない。厳格な日課はぼくには良い。規則は良い。運動も良い。木工はとても良い。ぼくのまわりでシンプルな、きちんとした、秩序だった生活が営まれているのは良い。ぼくは窓辺に立って小さな庭を見るのが好きだ。庭では休憩時間の看守たちが集まって煙草を吸いながらしゃべっている。図体のでかい赤ら顔の男たちは他愛なく笑う。世話係はライトグレーの制服を着ているが、看守たちはダークブルーの制服だ。ベルトについているバックルがきらきら光る、これがかっこいいのだ。子供のころぼくはよく軍服を着て腰にピストルを差したものだ。カウボーイより兵隊が好きだった。日本人とたたかうところを夢想した。結局ぼくは兵隊になって銃を持つことはなかったけれど、軍事専門家になる道を歩んで戦争の科学に確かな貢献をした。このことを看守たちが知ったなら、ちがった目でぼくのことを見るようになるだろう。彼らは軍隊に入り、自分たちの国に奉仕してきた強くて単純な男たちだ。彼らに対してぼくは深い敬意を抱いているのだから、彼らのほうも、ぼくが成し遂げた軍事的業績に敬意を表してほしいものだ。彼らにとってぼくが取るに足りない者でしかないらしいのがひどく悲しい。ぼくは取るに足りない者だが、そんじょそこらの人間とはちがうんだ。ここへ来てまもないころ、ぼくのいる廊下から看守と友情を結ぼうとしたことがあった。ぼくが本当は何者であるか、どんな仕事をしてきたかを知ってもらおうと思ったんだ。だが、この人たちと心を通じ合わせるのは難しい。思うに、彼らは精神を病んだ者たちにひっきりなしに絡まれているため、うなずき、低い声でフムという対応法を身につけ、患者の声には耳を貸さずにいられるのだ。それは熟練の技にまでなっている。あるいはその対応法を専門家によってトレーニングされたのかもしれない。彼ら全員がそれを身につけている。

しかしぼくはしゃべりすぎに気をつけなければ。人が通りかかるたびにだれかれかまわず弁解するような人間にはなりたくない。精神病院に入っていることが恥だとは思わないし、恥の感覚を身につけたいとも思わない。恥ずかしいと思わない理由はもちろん、長期入院患者よりもぼくの病歴のほうがましだからだ。ぼくは精神衰弱に陥る以前に精神病を患った経歴はなく、ここへやってきてからは正常な行動をしてきた。ぼくが急性の精神衰弱、つまり精神錯乱の古典的実例だということはだれもが認めている。ぼくがここへ入れられたのは、なにがぼくの精神衰弱の原因だったかをぼくたちみんなで明らかにできるようにするためであり、またおなじことが起きないようにするためだ。ぼくとしてはまちがいなく、そんなことが二度と起きないようにするつもりではあるけれど、一般の人たちのためにそのほうが安全だというのも理解している。それに、自己を探求する試みには賛成だ。自己にはとても強い関心をもっているのだ。自分が動揺し、人を動揺させる、ぼくのこの行為を解明することにははっきり白黒をつけたい。ぼくの助言者たちが、それは過労と感情的ストレスが原因だという結論以上のものを出せないとしたら、ぼくは落胆する。ストレスという診断ではほとんどなにもわからない。なにゆえストレスが、自殺とかアルコールに走らせるのではなく、自分の愛する子供にほとんど致命的な打撃をあたえるまでぼくを駆り立てたか？　ぼくたちが現時点で調べているのは、ぼくの精神衰弱は戦争にかかわったという職歴に関連しているという仮説だ。ぼくがこの理論を退けようと思わないのは、あらゆる理論づけに対してぼくは心を開いているからだ。しかしながら、それが真実だということになるとは思えない。

医者たちにぼくがヴェトナムについて書いた報告書を見てもらえばよかった。彼らなら専門家として、そこに筆者には見えない凶事の兆しや傾向を検知できたかもしれない。だが、ドルトンで起きた凶事の直後に、ぼくのブリーフケース内の書類はすべて、二十四枚の写真も含めて、ケネディ研究所に取りあげられてしまった。ぼくがあれを目にすることは二度とないだろう。だが、ぼくは記憶力がすぐれている。あるいは近いうちに、気分が良いときにでも、大きな紙の束を前に腰を下ろして、今一度すべての文章を、それ自体がもつ真実の力で屹立する文章を、組み立てなおすことになるかもしれない。それが「新生活計画」におけるぼくの分担だったのに、外に出ないようクッツェーが握りつぶしたのだ。

彼の裏切りは予期しておくべきだった。ケネディですごした最後の週のある夕方のこと、図書館の外で車を降りようとすると、知らないやつがぼくのスーツケースをひったくろうとした。すれちがいざま彼が身をかがめてすばやく動いたとき、ブリーフケースが引っぱられるのを感じたのだ。だがぼくはそうやすやすと手を放すような人間ではない。「失礼」と男はつぶやき（なんでそういう？　そう訓練されたのか？）、駐車した車列のなかに紛れてしまった。ぼくはむかっときて、にらみつけたが、結局、騒ぎ立てるほど憤慨してはいなかった。

あの顔は忘れない。よくわかってるんだ——あの顔でなくても、どういうタイプの顔かはわかってるんだ。ロングフォーカスで撮った群衆写真のなかの顔だ。写真を拡大していくと短く刈った髪と黒い眼窩のぼやけた輪郭が浮かびあがり、群衆の背後を殺し屋と諜報員が取り巻いているような、ニュルンベルクを扱った映画に出てくる、しかめっ面の、額の狭い顔、ライトの外へ出て冷たく湿った独房の煉瓦のなかへ戻りたがっている顔だ。黒いオーバーコートを着てシボ革の靴を履いたそんなクズ野郎に尾行されて、ぼくが最後の日々に、さんさんと陽のあたるラ・ホヤの街の通りを歩いていたなんて。考えてもみてくれ。

裏づけとなる記録もほとんどないまま、ぼくのことを解明しなければならない医者たちには同情を感じるばかりだ。彼らを助けるためにぼくはベストを尽くしているが、自分が患者だということを忘れたわけではない。というのは医者にしてみれば、病状を診断するとき患者が積極的になりすぎるのはおこがましいからだ。だから、かりにぼくの個人史という迷宮内をともにゆっくり進んでいくあいだに、光と生命と栄光のしるしが待ち構えている小路をぼくが秘かに探りあてたとしても、大声で叫び出したい気持ちをぐっとこらえて、まだ気づいていない善良な医師の後ろをぼくはとぼとぼとついていく。だって、ぼくが先走っていえることではないだろう？　陽光に照らされた幸運なその小路は、おそらくかすかに湾曲しているかもしれず、それが人間の目には知覚できないほどのかすかな湾曲で、その小路をたどるぼくたち二人は、巨大で無益な円を描いてぐるぐるまわることにならないともかぎらないなんて。あるいはいくら根気強く這うようにたどっても、そのうち楽園の門にたどり着くことはないだろうなんて。

いったいまたどうして、と彼らは自問するにちがいない。創造的といえなくもない仕事に従事し、その仕事に自分を投入してきた者が、肉の牢獄に閉じ込められているという妄想に苦しみ、あまりに惨めな結婚生活を送ったために自分の子供を殺そうとするとは？　どうしてそんなデータが一枚の薄っぺらな略歴と共存することになるのか？　ぼくの医者たちはまさしく狐につままれた者のようだ。若い、梟のようなまるい眼鏡の奥の、熱心で、正直な眼差しをぼくはじっと見つめる。彼らはぼくを理解したいと心から思っている。自分の家で革張りの肘掛け椅子に座り、キッチンにはきれいな若妻がいて、小さな子供たちはウサギのぬいぐるみを抱いてぐっすり眠っている、そんな家で読んだ症例研究に照らし合わせて彼らはぼくを理解したいんだ――ぼくにはなにもかもお見透し、ぼくたちはおなじ階級の兄弟だから――だからぼくもまた書架にならべる症例のひとつになれば、彼ら自身の死の夢が鎮まるわけだ。ぼくは彼らの目を見つめて考える――ぼくを行動に走らせた原理が知りたいんだな、それを発見したらえぐり取ってぼくはお払い箱か。ぼくの秘密がきみたちの目にぼくを魅力的に見せていて、ぼくの秘密がぼくを強くしているんだな。でもきみたちはそれを手中に収めることができるかな？　ぼくの秘密を抱えている心臓のことを考えるとき、浮かんでくるのは、密閉された、濡れた黒いもの、なんというか、トイレのタンク内の黒いボールのようなものだ。宝物を容れたぼくの胸《チェスト》に封印されて、ひたひたと暗い血に浸され、どくどくと盲目の歩みを刻んで、死のうとしない。

彼らが立てる仮説は、戦争をデザインすることに密接なかかわりをもつことでぼくは苦痛に対して無感覚になり、生きていくための諸問題を暴力的に解決する必要をぼくの内部に発生させて、それと同時にぼくは罪悪感に侵され、その罪悪感が神経症的症状となってあらわれた、というものだ。

ぼくの話す番がきたら、ぼくの次に順番を待つ人とおなじくらい深く戦争を憎んでいるといおう。ぼくがヴェトナムとの戦争に専心した理由は、それが終わるのを見たかったからだ。衝突と反逆を終結させたかった、そうすればぼくは幸せになれる、そうすればみんなが幸せになれると思ったんだ。もしも反逆が終われば、ぼくたちはアメリカと和解してまた幸せに生きていける。ぼくは生命を信じている。人々が自分の生命を投げ出すなんて見たくない。アメリカの子供たちが罪悪感で毒されるのも見たくない。罪悪感は邪悪な毒だ。あのころは図書館に腰を下ろして、邪悪な罪悪感がぼくの血管をくつくつ笑いながら流れていくのを感じたものだ。ぼくは乗っ取られようとしていた。ぼくは本来の自分ではなかった。耐えがたかった。罪悪感がテレビのケーブルを伝って家庭に入り込んでいた。ぼくたちは真っ暗な隅からあの野獣のようなガラスの目に見つめられて食事をした。良質な食物がぼくたちの咽喉を通って、腐食した液だまりのなかに落ちていった。そんな苦しみに耐えるのは並大抵のことではなかった。

こういったことを医師たちに伝えるぼくはヒステリーに特有のぎらりとした一瞥を投げ、声が高ぶっていくのが自分でもわかる。彼らがぼくをなだめる。昼食後、ぼくはカプセル剤を飲んで眠る。

ぼくの写真はどこかへいってしまった。ぼくの拷問者たちのなかでも最悪に恐ろしいやつの写真をもっていたのに、盗まれてしまった。やつらのことは忘れない。見まちがえることもない。やつらを判事席の前で特定してやる。地獄で会ってやる。あのころやったようにやつらを夢に呼び出そうとするが、もう前とおなじような眠りは訪れないので、やつらはやってこない。この壁の後ろで医者たちに付き添われているかぎり、ぼくは要塞のように強く、ぼくの内部に浸透できないことをやつらは知っているんだ。ぼくが外に出るのを待って攻撃をかけてくるんだろう。やつらは自分たちのマニュアルに従う。自分より強い敵に身をさらしたりはしないのだ。ここならぼくは安全だ。でも、夜明けに下宿の部屋にいるとき、あるいは天国の木《ニワウルシ》が生い茂る暑い午後に小さなアパートにいるとき、やつらがあの黒い目と穏やかな笑みをきらめかせたら、ぼくはどうする？　ぼくは奮起し、精神力をふりしぼって、やつらを呼び出すぞ。だって、ぼくは正面切ってやつらと向き合い、相手を威圧し、やつらが弱くてぼくが強いあいだに追い払わなければならないから。思い出すための写真があれば、ことはもっと簡単なんだが。手当たり次第に夢を見る手立てを試してみる。目覚まし時計が熟睡中の午前四時に鳴るようにする。眠りを中断することで夢を刺激し、思い出しやすくするんだ。今朝はぼくの腿に押しつけられる別の腿の冷たい感触を思い出した。眠りの表面へ浮かびあがると、自分の唇に笑みが浮かんでいた。この夢の断片を午前中の面談のときに持ち出してみよう。ぼくが自分の夢を記録するのは医者たちにとって大きな助けになるし、女性にまつわる夢はヴェトナムに関する夢とおなじように、ぼくの治癒にとってまちがいなく重要だ。神話については多少知識があるので、ぼくは時おり彼らを洞察力で驚かすことができる——こっちで手短に要約したり、あっちで風変わりな置き換えをしたり。彼らはぼくのことを特別すぐれた患者だ、対等の立場で彼らと話ができる患者だ、と思うにちがいない。彼らの人生にこんな気晴らしを持ち込めてぼくは嬉しい。

もう一度、人生と向き合いたいと無性に思うけれど、ここから出たくて焦っているわけではない。ぼくの子供時代の物語がまだそっくり残っているんだ。それと取り組まなければ、ぼくという物語の底に達することは期待できない。ぼくの母親が（これまで彼女についてはまったく言及していないが）夜にそなえて吸血鬼の翼を広げている。父親は兵士になって遠くにいる。アメリカのどまんなかの、隅に専用トイレのついたこの独房で、ぼくは考えに考える。いったいだれの落ち度がぼくなのか、それをぜひとも知りたいものだ。

一九七二～三年

ヤコブス・クッツェーの物語

編集および後記　S・J・クッツェー
訳　J・M・クッツェー

重要なこと、それは歴史の哲学である。
フロベール

訳者まえがき

『ヤコブス・ヤンソーン・クッツェーの物語（*Het relaas van Jacobus Coetzee, Janszoon*）』の初版は一九五一年、わたしの父、故S・J・クッツェー博士がファン・プレッテンベルグ協会の依頼を受けて編集し、出版された。『物語《レラース》』本文および序文から構成されたその書籍は、父がステレンボッシュ大学で一九三四年から一九四八年のあいだ毎年、南アフリカの初期探検者について行なった一連の講義にもとづいていた。

今回の出版は、ヤコブス・クッツェーの物語のオランダ語テクストと父がつけたアフリカーンス語の序文を一括して翻訳したものであり、序文は訳者の一存によって「後記」として本文の後ろに置いた。補遺として、一七六〇年にクッツェーが公式に行なった宣誓証言の翻訳を付した。他の変更点として、父の版から削除されていた短い文章を二、三、復元したこと、ナマ語の表記を標準的クルンライン正字法に戻したことを記しておく。

翻訳上の細かな点について助言いただいたP・K・E・ファン・ヨッフム博士に感謝したい。また、タイプ原稿の作成にあたり、ファン・プレッテンベルグ協会とミセス・M・J・ポットヒターの協力を得た。また、南アフリカ国立公文書館の職員の方々にも感謝したい。

五年前のことだ。アダム・ヴァイナントは「バスタルト（ヨーロッパ男性とコイコイ女性の子から始まる混血の総称、もとは私生児の意）」ながらそれをまったく恥じることなく、荷物をまとめてコラナの地へと移住《トレック》した。彼は厄介ごとを抱えていた。みんなやつの出自を知っていた。母親が床を磨いてバケツの中身を捨て、いわれるままに死ぬまで働いたホッテントットだったと知っていたんだ。コラナに行ってみると、そこの人間が受け入れて助けてくれた。素朴な連中だった。いまではあの女の息子、アダム・ヴァイナントも金持ちになって、一万頭の牛を所有し、見てまわれるだけの土地と畜舎いっぱいの女を所有している。どこだろうと、彼らがこっちへやってきてわれわれがあっちへ出向くうちに、ちがいなんてたいしたことではなくなる。ホッテントットがパンの耳をもらいに家の裏口へやってきて、われわれが膝丈ズボンの裾を銀のバックルでとめて東インド会社にワインを売った時代は終わったんだ。われわれの仲間にはホッテントットのように暮らすやつもいる。牧草地の草が食い尽くされたら、テントをたたんで、新しい草をもとめて牛を追う。子供たちは召使の子供たちと遊ぶんだから、どっちがどっちの真似をしているのかわからないだろ？　厳しい時代に、ちがいなんてどうやって維持できる？　牛を追いながらわれわれが彼らの暮らしぶりを身につけるうちに、あっちもわれわれの暮らしぶりを身につける。彼らが羊皮の服を着るのをやめて、われわれの服を着る。もしも彼らがまだホッテントットの臭いがするとしたら、われわれのなかにもおなじ臭いのやつがいるということだ。ロッヘフェルトの山中にテントを張ってひと冬すごしてみるといい、寒くて火のそばから離れられなくなる。樽の水は凍りつくし、食い物は粗挽きとうもろこしのパンと屠った羊だけで、じきにあんたもホッテントットとおなじ臭いになるぞ、羊の脂と茨を燃した煙の臭いに。

　われわれとホッテントットを分ける唯一のちがいは、われわれがキリスト教徒であることだ。われわれはキリスト教徒であり、天命を背負った民族だ。彼らもキリスト教徒になりはするが、そのキリスト教信仰は空疎なことばだ。彼らは洗礼を受けることで自分たちが保護されることを知っている。彼らはばかではない、キリスト教徒が虐待されていると訴えれば同情してもらえるのを知ってるんだ。それ以外は、キリスト教徒であろうと異教徒であろうとちがいはない。彼らは日曜日には賛美歌だって喜んで歌うだろう、もしもそれが、そのあと出てくる食い物をたらふく腹に詰め込むことであるなら。死後世界のことは、まったく考えない。星々のあいだでエランドを狩っていると信じて原野に生きるブッシュマンのほうがまだ宗教的だ。ホッテントットは現在のなかに閉じ込められている。自分がどこからやってきて、どこへ行こうとしているかなんて気にかけたりはしない。

　ブッシュマンはまたちがった生き物で、これは動物の魂をもった野生動物だ。仔羊が産まれるころになると、ヒヒが山から下りてきて、食欲を満たすために雌羊を襲い、仔羊の鼻先を噛み切り、犬が妨害するとその犬の喉を引き裂いたりする。となると平原《フェルト》を歩きまわり、自分が所有する仔羊の群れを自分で処分しなければならなくなって、これがいっときに百頭におよぶことさえある。ブッシュマンにも生まれながらにヒヒとおなじ性質があるんだ。一人の農場主に恨みを抱いたら、夜中にやってきて、食えるだけの頭数の家畜を連れ去り、残りの羊は胴体をばらばらに切断して、目を突き、脚の腱を切ってしまう。ヒヒとおなじで血も涙もないやつらだから、連中は獣同様に扱うしかない。

ピケットベルグには数年前までブッシュマンがうようよしていた。群れがふたつあって、ひとつはだれもが思い出せるかぎりコマンド隊（自警団）の裏をかいてきたダンというやつが率いていた。やつの手に落ちないものはなかった。夜が来るとよく手下といっしょに農場の屋敷近くの畑に忍び込んで、好き放題に取って食った。明け方には影も形もない。罠となるとたいていのブッシュマンはすごく用心深い。そうはいっても一度リーベークス・カステール出の農場主がまんまと成功したことがあって、これがまたひどく派手なやり方だった。ブッシュマンが彼の農場の泉に水を飲みに降りてくるようになっていた。これを知ったその農場主は泉を見下ろす岩陰に銃をしかけた。銃に火薬をたっぷり装填し、散弾と小石もしこたま仕込んだ。それから砂の下に隠した紐を罠から煙草入れまでつないでおいた（ブッシュマンは煙草に目がないからな）。翌朝早く、丘に轟《とどろ》きわたる爆発音が聞こえた。銃は破断して飛び散ったが、それがブッシュマンの男の顔を吹き飛ばし、女にもひどい傷を負わせて動けなくした。丘に向かって点々と三人目の存在を思わせる血痕がついていたが、待ち伏せを恐れた農場主は追跡しなかった。男は木から吊るし、女は柱に縛りつけて、見せしめとしてそのまま放置した。この地区の農場主がおなじ罠を試してみたが、ダンは抜け目なく、紐を切って煙草を持ち去った。おそらく、なにが起きたかを聞き知っていたのかもしれない。やつらの行動範囲は広くて、犬のようで、疲れを知らずに一日中走ることができて、移住するときはなにひとつ持たない。

ブッシュマンを殺す唯一の確かな方法は、馬上から追い詰められる広い場所で捕まえることだ。徒歩だと勝ち目はない。銃のことは知り尽くしているから、射程距離内には入ってこない。わたしがこれまで徒歩で捕まえたのはたった一人、山のなかにいた老婆だ。仲間に見捨てられて岩穴のなかにいるのを見つけたんだ。齢をとり病気で歩けなかった。連中はわれわれとちがって、身内の年寄りの面倒は見ない。集団についていけなくなれば、食料と水を少し残して見捨てる。最後は動物の餌食になる。

国土一帯を本当に掃討できるのは、ジャッカル狩りとおなじように彼らを狩り立てるときだけだ。それには多人数が必要だ。前回この地方を一掃したときは、二十人の農場主と彼らが所有するホッテントット合わせて百人近くの狩人でやった。ホッテントットを横一列に二マイルにわたってならばせ、曙光が射すと同時に丘の一方の斜面から奇襲させた。われわれは馬に乗ってもう一方の側の小さな谷間の陰で秘かに待機した。すぐにブッシュマンの一団が丘の斜面を駆け下りてきた。そこにいることはわかっていた。何カ月も牛が姿を消しつづけていたからだ。それはダンの一団ではなくて別の集団だった。連中が広い場所に出て、ホッテントットが丘の頂上に達するのをわれわれは待った。というのは岩場となればブッシュマンは隠れ場にこと欠かず、割れ目にぱっと姿を消せば、こっちが背中から矢で射られるまでそこにいることさえわからない。だからわれわれは待った。連中がホッテントットから逃げて、すばらしく確かな速足《はやあし》で、一日中でも走りつづけられるあの足取りで、開けた場所に走り出てくるまで待った。それから隠れていた場所から突然あらわれて襲いかかる。あらかじめ狙いは定めておいた。というのもわれわれの姿を目にするや、彼らが即座に四方八方へ散るのはわかっていたからだ。あらわれたのは七人の男と、矢を背負える年齢に達した二人の少年だった。われわれは一対二になるように分かれて、女子供はあとまわしにした。

そういう捕物では、馬の一頭や二頭は彼らの矢に倒れることを覚悟しなければならない。だが、彼らは矢を放たないことも多い。なぜなら自分が止まれば相手も立ち止まることができて、射程距離は相手のほうがずっと長いことを知っているからだ。だからひたすら走りつづけ、巧みに逃れ、馬にとって不利な丘の斜面へ戻ろうとする。だがあの日われわれは丘の側にホッテントットを待機させていた。それで一団をひとり残らず捕獲した。やり方としては、馬に乗ったまま狙いをつけた男に近づき、弓矢の射程距離内に入るぎりぎりまで進んで、すばやく銃を構え、狙いを定めて撃つ。運が良ければ、やつはまだ走りつづけているだろうから背中から造作なく撃てる。そうはいっても彼らはわれわれのやり方を経験的に知っていて、抜け目がない。こっちの意図などお見透しだ。走りながら馬のひづめの音に耳をそばだてていて、こっちが馬を止めるや、いきなり右や左にさっと身をひるがえして、あたうかぎりのすばやさで飛びかかってくる。銃を撃つにも三十ヤードしかなく、馬が静止していないこともよくある。もしも一対一なら馬から降り、馬を盾にして撃つのがいちばん安全だ。その日のようにこっちが二人なら、もちろんことはずっと簡単だ。つまり、危険にさらされた乗り手が射程外へ馬の鼻先を向ければ、もう一人が楽々と狙い撃ちできる。あの日わたしが狙ったブッシュマンは矢を放つチャンスが一度もなかった。最後はただ降伏して突っ立っていたので、やつの喉元に一発お見舞いして仕留めた。撃たれるまで走りつづけるやつがいたり、振り向いたはいいが標的を定められないやつがいたり、そのうち一人が放った矢が馬をかすって擦り傷をつけた。そういうリスクは避けられない。即座に適切な処置をすれば馬は失わずにすむ。つまり傷口を開いて毒を吸い出すかホッテントットに吸わせるかして、スネークストーンを縛りつければ馬が危機を脱する可能性は高い。じつはブッシュマンの弓は非常に弱いんだ。矢じりを失いたくないんだな、削るのが大変だから。弓の弦をゆるく張って矢を放つので、矢は標的をかするだけで下に落ちる。要するにやつの弓には射程距離なんてものはないんだ。ブッシュマン狩りで部下を失ったりすれば言い訳はできない。基本的なルールは単純だ。味方に十分な人数をそろえておいて、彼らを開《ひら》けた場所に追い出せばいい。そのルールを無視したために貴重な人材が何人も失われた。ブッシュマンの毒は効くまでに時間はかかるが、致死性だ。

即座に処置しなければならない、さもないと身体の組織まで毒が染み込んでしまう。苦しみのたうちまわる男をわたしは見たことがある。全身が腫れあがり、殺してくれと叫んでいたが、なにもしてやれなかった。それを見てからは手加減する理由はないと思うようになった。一人のブッシュマンに弾丸を一発使うのはもったいないくらいだ。牛飼いが一人殺されたあとブッシュマンを一人生け捕りにして火炙《あぶ》りにしたそうだ。そいつから滴り落ちた脂肪の汁をそいつの身体にかけたりもしたそうだ。それからホッテントットにくれてやったが、ひどく筋張っていて食べられなかったという話だった。

ブッシュマンを飼いならす唯一の方法は、若いうちに捕獲することだ。それもうんと若くなければだめだ。七、八歳をすぎないうちがいい。それ以上になると落ち着きがなくなり、ある日フェルトへ逃亡したらそれっきり二度と姿は見られない。もっと幼いうちからホッテントットに育てさせれば良い牛飼いになる。生まれながらにフェルトや野生動物の知識をもっているからだ。畑仕事ではホッテントットなみには使えない。やる気がなくて頼りにならない。

女となると話は別だ。捕獲したのが小さな子供を連れた女なら、とどまるだろう。フェルトでは単独で生き延びるチャンスはないとわかっているからだ。ブッシュマンが集団で近所へ移動してきたら女は逃亡を試みる。そんなときは鍵をかけて閉じ込めておくのがいちばんだ。新月や曇りの夜なら幽霊みたいに姿を消す。女を使って儲けたいときは、ホッテントットとの子供を産ませて牛飼いにしなければならない（白人との子供は産もうとしない)。だがブッシュマンの女が子を産む間隔は長く、三年か四年おきだ。だから増えるのに時間がかかる。ゆくゆくはブッシュマンを根絶するのも難しくはないだろう。

彼らはあっというまに老いる。男も女もだ。三十歳にもなれば皺がよって見かけが老人のようになる。しかしブッシュマンに年齢をきいても始まらない。数の概念がないんだから。ふたつ以上は「たくさん」だ。ひとつ、ふたつ、たくさん、そうやって数える。子供たちはかわいい、女の子はとくに骨細で繊細だ。男も女も性器がいびつにできている。男は勃起状態で死んでいく。

辺境を開拓するたいていの男たちはブッシュマンの娘と寝たことがある。仲間うちのオランダ人の娘では満足できなくなるといえるかもな。オランダ人の娘には背後に資産というオーラがまとわりついてくる。彼女たちはなんといってもまず財産だ。何ポンドもの白い肉を持参するだけでなく、広大な土地と、何頭もの牛と、大勢の召使を引き連れて、背後には群れなす父親と母親に兄弟姉妹までひかえている。となるとあんたの自由はなくなる。その娘と関係をもつことで、入り組んだ資産の網の目に囚われてしまう。ところが野生のブッシュマンの娘なら、しがらみはなにもない、文字どおり皆無だ。生きてはいるが死んだも同然。自分にとって権力の象徴だった男たちをあんたが殺したのを見てきたし、男たちが犬のように撃ち殺されるのも見てきた。いまやあんたは「権力」そのものになり、女はボロクズ同然、あんたの汚れを拭って捨てる布切れにすぎない。まったくの使い捨てで、おまけに無料とくる。足をばたつかせて叫ぶことはできても自分は負けだと知っている。それこそが娘の差し出す自由であり、見捨てられた者の自由なんだ。女には愛着心などからきしない、よく知られた生命への愛着さえない。魂を引き渡してしまったからっぽの女に、あんたの意思がどんどん流し込まれる。娘の反応はあんたの意思に絶対的に合致する。娘はあんたが自分の欲望のために生み出した究極の愛人で、それが異なる肉体のなかに遊離して、身じろぎもせずにあんたの快楽を待ってるんだから。

大きな川《グレイト・リヴァー》を越える旅

わたしは六人のホッテントットを連れていった。長旅にはちょうどいい人数だ。日々の作業と緊急の場合もそれで足りる。五人はわたしが所有していた者たちで、さらに射撃の腕のいいやつを一人雇った。象狩りには銃が二丁必要だからだ。バーレント・ディコップという名で、ホッテントット歩兵中隊の兵隊だった。三カ月という契約で雇った。ところがそいつを連れていったのがまちがいだった。知らないホッテントットを自分の召使のなかに入れるのはいつだってまちがいなんだ。つまらない諍いがやたらと起きる。ディコップは自分が兵隊だったのを笠に着てほかのやつに威張りちらせると思った。馬具などあたえて狩りに連れていくようになってから、従者のなかで自分は特別の地位にあると思うようになってしまった。これが恨みをかった。とりわけヤン・クラーヴェルの恨みをかった。

わたしの農場で労働者たちの監督をしているかなり高齢の男だ。ずいぶんむかしのことだがクラーヴェルにメダルをやったことがある。クラーヴェルはそれに穴を開けて首からかけていた。それで箔がつく、「カッスル（オランダ東インド会社が築いた五角形の砦で植民地統治本部）」から権威の象徴としてもらう笏《しゃく》を握ったホッテントットの「カプテイン（初期オランダ植民者が先住民の首長にあたえた称号）」みたいだといって。というわけでディコップとわたしが銃を持って出かけたあと、戻ると決まってクラーヴェルはむくれているし、ディコップはキャンプ内をどかどかと歩きまわって、自分とご主人《ミンヒア》のことをしゃべりまくり、食物のことは心配しなくていい、自分とご主人《ミンヒア》がみんなにたっぷり行き渡るようにしてやるからといった。夜になるとケープ植民地で買った大きな、歩《ほ》哨《しょう》が着る分厚いコートを着込んだので、これがさらにみんなの嫉妬をかき立てた。彼は自分のことを半分オランダ人だと思っていた。ある日わたしの我慢が限界に達した。規律がめちゃくちゃになりかけていたのだ。そこで彼をキャンプに残して、代わりにクラーヴェルを連れて狩りに出かけた。晩飯にする獲物を仕留めてきたが、ディコップは食おうとしなかった。われわれに背を向けて自分の毛布の上に寝ころび、むくれていた。ほかのホッテントットたちが彼のことを嘲りはじめた。これは愚行だった。彼がナイフを握って向かってきたのだ。毛布から飛び起きてナイフでほかのホッテントットに斬りかかったんだ。みんな一目散でブッシュに隠れた。怯えきっていた。みんな農場のホッテントットで、のろのろと暮らしてきたやつらだから、ナイフを持った荒くれ者には慣れていなかったんだ。わたしはディコップを制して、面倒を起こすのはもうたくさんだ、もう用はない、朝になったら金を払ってやるから出ていけ、といった。次の朝やつの姿はなかった。金を払ってもらうのも待ちきれずに、こそこそと馬と銃とブランデーを一本くすねて姿を消していた。ひょっとしたら、自分は銃を持っているから、追っ手は来ないと思ったのかもしれない。だが、わたしはホッテントットのことは熟知している。クラーヴェルを連れて彼を追跡した。クラーヴェルは昔気質のホッテントットで、ブッシュマンに負けないほど追跡が達者だ。予想どおり二時にはやつを追い詰めた。やつは木の陰に横になって、へべれけに酔っぱらっていた。ブランデーなんか飲むべきじゃなかった、そもそもそれがまちがいのもとだ。ブランデーがホッテントットというホッテントットを破滅させてきた原因なんだから。わたしはやつの両手を鞍《くら》に縛りつけて引っ立てながらキャンプへ戻った。そこでホッテントットたちにシャンボク（サイ皮の鞭）で一人一発やつを鞭打たせた。カミスベルグの山中のことだったので水はたっぷりあった。やつは生き延びただろう。まる一日、やつのせいで無駄になった。

話を続けよう。七月十六日に出発して、着実に一日あたり十二［イギリス］マイルの速度で六日間進んだ。オリファンツ川の手前で止まり、通称ジェントルマンの宿舎といわれる山中の洞穴で牛を休ませた。川を渡ってからは、一日進んでは一日休むという調子でゆっくり移動して、ついに［クーケナープに］到着した。そこには牧草があった。

八月二日から八月六日のあいだに、フルーネ川までの五十マイルを進んだ。道中はきつかった。最後の日は牛を無理やり進ませなければならなかった。土地は乾燥した砂地で獲物もいなかった。四日かけて牛たちを回復させた。

フルーネ川の北を二日進んだところで、放棄されたナマクワの村を通りすぎた。

八月十五日にはホッテントットがコゥシ川と呼ぶ川に到達した。ここで休憩した。

八月十八日にコーパベルヘン峡谷に達して、岩に「１６８５」（ケープ植民地初代総督シモン・ファン・デル・ステルが探検した年）と刻まれているのを見た。

コーパベルヘンを越えるのにまる一日を費やせば、旅の終わりには砂っぽい、水のない平原に出る。最初は、牛に力を温存させるためにゆっくりと進んだが、しかし、この砂漠に入って二日目、もっと速く進まなければわれわれは死んでしまうと気づいた。八月二十二日は夜間も前進した。牛の多くがひどく弱って牛車を引けなくなっていた。八月二十三日の午後に休憩はしたものの、牛たちは水が欲しいと哀れな鳴き声をあげていた。夜を徹して這うように進んだ。五頭の牛がへたりこんで、どうあっても立たせることができなくなった。そいつらは諦めるしかなかった。

八月二十四日の朝、新しい峰を苦労して登った。夜までに牛たちは水の臭いを嗅ぎつけた。急な斜面と斜面のあいだをすべるように降りていくと、大きな川《グレイト・リヴァー》に達した。道を探しているあいだは、牛が斜面を突進してころげ落ちるのを防ぐために押さえていなければならなかった。

大きな川は小ナマクワの土地の北の境界線になっている。川幅は約三百フィート、雨季になるとさらに広がる。ところどころ川岸が斜面になっていて、それがカバが草を食んでいる小さな砂浜まで続き、そこでわれわれはブッシュマンが野営した跡を発見した。流れはたいていどこも早い。しかし、浅瀬を見つけてこいといわれて上流へ出かけたクラーヴェルが戻ってきて、安全に渡れそうな砂洲があると告げた。そこへ到着するのに二日かかった。というのは再度山道を引き返して山の裏側を、川と平行して旅しなければならなかったからだ。

大きな川の北に出るとそこは岩だらけの山間で、四日間もレーウウェン川（オランダ語でライオン川の意）の流れに沿って進むことを余儀なくされてからようやく平らな草原に出た。そこからが大ナマクワの土地なのだ。

連れていったホッテントットも牛たちも忠実に仕えてはいたが、そもそも遠征の成功はこのわたしの大胆な企てと尽力によるものだ。日々の旅程を計画して道を探し出したのはわたしだ。牛たちに力を貯めさせ、進行が厳しいときに十分に力を発揮できるようにしたのもわたしだ。みんなに食べ物が行き渡るよう腐心したのもわたしだ。大きな川に着く直前の過酷な日々に男たちが不平をいいはじめると、きっぱりと、それでいて公平に秩序を回復させたのもわたしだ。彼らはわたしを父と見なした。わたしがいなければ彼らは死んでしまっただろう。

五日目の朝早く、平原の向こうからわれわれのほうへ向かってやってくる小さな人影をいくつか目にした。常に抜かりないわたしは一行に守備を固めさせ、クラーヴェルと信頼の置けるヤン・プラーチェという少年に小火器を持たせて、弾は装填しても敵意を見せるな、おれの合図を待て、と命じた。プラーチェが牛車の後ろについたのは、敵から急に雄叫びがあがっても、軛《くびき》でつないだ第二組の牛があわてふためいて逃げ出さないようにするためだ。クラーヴェルが銃を構えて御者の隣に座った。わたしは馬に乗って先頭を進んだ。

かくしてわれわれはたがいに接近した。相手の人数がわかった。二十人だ、一人が牛にまたがっている。全員が男だ。推測するに、どういう手段でかはわからないが、われわれがやってくるのを聞きつけて会いにやってきたのだ。必要とあらば、野生のホッテントットは一晩じゅうでも休みなく走ることができる。ひょっとしたらやつらのスパイがわれわれを見かけたのかもしれない。彼らは槍を持っていた。槍を持ったホッテントットを最後に見たのはずいぶん前だ。彼らに戦意はなさそうだし、われわれにしてもおなじだった。むしろ逆に、われわれは平和裡に相まみえるべく前へ進んだ。これ以上望めないほど麗しき光景だった。ふたつの小集団が、地平線上に昇ったばかりの太陽の光のもとを進んでいき、われわれの後ろには青い山並みがそびえていた。

相手の顔が見える程度に近づいたとき、わたしが手を挙げると牛車が止まった。ホッテントットたちも歩みを止めた。牛にまたがった男をまんなかにして、男たちがすり足で寄り集まった。話は本題からずれるが、ここでわたしは、野生状態にいる男についていささか言い添えておくべきだろう。ひとつだけいわせてもらうなら、野生のホッテントットには、立っていようが座っていようが、わたしが所有するホッテントットにはない自信があふれている。見るからにほれぼれするような自信だ。ホッテントットは文明との接触によって多くを獲得する一方で、なにかを失うこともまた確かであって、それは否定しようがない。身体的には堂々たる生き物とはとてもいえない。背は低く、肌は黄色く早々と皺が寄り、顔はほとんど無表情で、腹はたるんでいる。キリスト教徒の服を着せた途端に畏縮しはじめ、背中がまるまり、目玉はきょろきょろ、人前ではじっとしていることができずに絶え間なく身体をひくつかせる。こうなるともう簡単な質問にさえ本音は吐かない。ひたすらこっちをなだめようとするばかりで、相手が聞きたがっていることを忖度して口にする。自分からは笑いかけず、あんたが笑うまで待っている。見せかけだけの生き物になってしまうんだ。意気地のないホッテントット全部についてこれはいえる。クラーヴェルのような善良なやつも、ディコップのような図にのったやつもおなじだ。やつらには一貫した人間の誠実さがない、ただの役者だ。それに対して、その日われわれが出会ったホッテントットは、自然のなかでそれまでずっと生きてきただけあって、ホッテントットとしての一貫した品位がある。立つにしろ座るにしろすっくと背を伸ばし、こっちの目をまっすぐに凝視する。それはなかなかのもので、そんな自信たっぷりな態度を目にするのは気分がいい。こっちはずる賢い臆病なやつらに囲まれてひどい長旅をしてきたんだから。もっともそれはむろん錯覚で、力があるとか、相手とは対等だとかいうのは誤った思い込みだ。彼らがわれわれの前にひと塊りになって立ち、彼ら二十人がわれわれ六人をじっとにらみつけていた。彼らの目の前に立つわれわれはマスケット銃三丁を構えて、わたしの銃にはでかい散弾を込め、ほかの銃には並の弾を込めていた。やつらはやつらの思い込みを信じて揺るぎなく、われわれはみずからの力を信じていた。それゆえ両者はたがいに、これを最後に、男として相手を見ることができた。彼らは白人を見たことがなかったのだ。ゆっくりとわたしは彼らのほうへ馬を進めた。わたしの部下たちは命令に従って背後にひかえていた。牛に乗ったホッテントットがわたしの歩調に合わせて前へ進み出た。後ろから移動してくるやつの手下の足は平原の黄褐色の土にまみれていた。牛のまわりを蠅がぶんぶん飛び交った。鼻リングを通した箇所が泡立っていた。われわれの呼吸は完全に一致していた。生き物すべてが一体となった。

わたしが冷静に心のなかでたどったのは、道が枝分かれする終わりなき内面の冒険だ。従えという命令、内輪もめ（抵抗するか？ 服従するか？）、目玉を白黒させる下っ端たち、なだめることばと穏やかで迅速な行進、山間に隠れた隘路、野営地、灰色の髭をたくわえた首長、興味津々の人だかり、挨拶のことば、揺るぎない口調、「平和！ 煙草！」、火器の実演、畏怖のつぶやき、贈り物、復讐心に燃える魔法使い、祝祭、満腹、夕暮れ、不首尾に終わる殺害、夜明け、別れの挨拶、ごろごろとまわる車輪、従えという命令、内輪もめ、白黒する目玉、緊張する指先、発砲、パニック、襲撃、銃撃、慌ただしい出発、追跡する一団、川までの必死の逃亡、従えという命令、内輪もめ、あっけなく臓腑に突き刺さる槍（アルメイダ子爵）（ポルトガル領インドの初代総督、水の補給にケープ湾に寄港したときコイコイ人と戦闘になって殺された）、逃げ惑う手下たち、尻から貫通する杭、野蛮人の野営地で儀式として解体される人体、四肢は犬へ、陰部は第一夫人へ、従えという命令、内輪もめ、卑劣な殴打、記憶喪失、暗い小屋、縛られた手、うたた寝をする見張り、逃亡、夜間の追跡、臭跡をたどりそこねる犬、暗い小屋、縛られた手、不安定な眠り、夜明け、犠牲《いけにえ》を捧げる集会、魔法使い、魔術の競演、天の暦、暗黒の昼、勝利、部族の半神としての愉快だが退屈な統治、無数の牛を引き連れて文明へ回帰――このように枝分かれした道が縦横に走るのは、司るべき政体のないあの真の野生地、大ナマクワと呼ばれる土地であり、やがてわたしはそこではいかなることも可能だと知ることになった。

大ナマクワの土地での滞在

平和裡にわれわれはやってきた。贈り物と友情の約束をたずさえて。われわれはただの狩人だ。ナマクワの土地で象狩りをする許可をもとめたい。はるばる南の方からやってきた。大ナマクワを旅した者たちが、かの地の偉大な人々の親切なもてなしと寛容さを語ってくれたゆえ、それに敬意を表するために、友愛の念を示すためにこうしてやってきた。牛車にナマクワの人々が喜ぶとされる贈り物を積んできた。煙草と銅線だ。われわれが必要としているのは難儀な旅で弱った牛たちにあたえる水と草だ。できれば元気な牛を分けてもらいたい。値ははずむつもりだ。

ゆっくりとわたしは話した。敵意を抱いているかもしれない強い相手との交渉の皮切りには、それがふさわしいからだ。わたしが乳母の膝で聞き覚えた、つい命令調になりがちなホッテントット語が彼らに通じるかどうか自信がなかったこともある。たとえば、音の高低で意味がちがってくる「!ノップ^{4}」（石）と「!ノップ^{2}」（平和）の使い分けができずに（!はクリック音、数字は音の高さの度合い）、意図せぬもじりとなって――これでわたしの同胞たちはひどく嘲笑されているのだが――敵意を招いてしまうかもしれないではないか？　雄牛に乗った男はわたしのことばを注意深く聞いていたが、彼の従者たちはわたしが話をするうちに秘かにその場から横へ身をずらしはじめ、確固たる姿勢ながら友好的なわたしの視線の外へと移動していった。その抜け目のなさにわたしとしても否応なく、外交的な態度をかなぐり捨てて、対話の相手に背を向け、部下たちに向かってきっぱりとしたオランダ語で、油断するな、と警告を発した。

　そうなって当然か。わたしのまわりを取り囲んでいたホッテントットたちはいまや牛車の背後に消えようとしていたが、軛《くびき》でつないだ第二組の牛たちを見張っていたヤン・プラーチェはパニックに襲われ、ぐずぐずと決めかねていた――牛を守るという責務を文字どおりまっとうすべきか、それともそれを放棄して幌《ほろ》の入口を守るべきか、あるいは新参者たちに発砲して大虐殺の口火を切るか？　ホッテントットが牛車に横から近づき中身を調べ、あわよくばごっそりいただこうとしているのは明らかだ。リーダーはそんな部下たちを制止するそぶりも見せない。落ち着きはらって牛の背にまたがりこちらを凝視しながら、わたしが再度口を開くのを待っていた。行動するしか選択の余地はなかった。プラーチェは直面する戦術上のディレンマに耐えられそうもない。牛に乗った男に立ち向かわせるのは、呆然となった御者《トゥライア》にまかせて――これが機転の利かないタンブールという名の、瓜ふたつ顔の少年たちの片割れで――わたしは牛車のテールゲートに群がるホッテントットのなかに馬を乗り入れて鞭を振りまわしながら「さがれ！　さがれ！」と叫んだ。彼らはすばやく後ろにさがるが、また目をきらきらさせながら寄り集まってきた。自分が相手にしているのは大人か？　怪しいもんだ。

交渉が開始されたときの形勢は乱れ、いまやホッテントットに有利になっていた。慎重に構えたわれわれの銃に一団となって向き合う代わりに、彼らは、率いる者のいない先頭と防御のあまい脇へ向かってきたのだ。そこでわたしは唯一可能な態勢の立てなおしをやった。プラーチェと彼の率いる牛たちを荷車にぴたりと寄せて配置したのだ。プラーチェは混乱のきわみで、ひどく惨めったらしいさまをさらしている。わたしが苛立ち、ホッテントットがくすくす笑いながら身体をかきむしっているあいだに、彼はやっきになって牛を動かそうとしていた。しかし牛はその日、手のつけようがないほど愚かしく、彼の鞭の下で最初は身を寄せ合うくせに、そのうち目をきょろつかせながら群れを崩してしまい、世話好きのホッテントットたちが素っ頓狂な声をあげて腕を振りながら牛の向きを変えてくれなければ、四方八方へ散らばってしまったかもしれない。かくして混乱の数分がすぎて、恥じ入る仲間と、にんまり笑う敵と、うごめく牛がどこまでも入り乱れる混乱のはてに、牛たちは右往左往しながら荷車の後ろでちんまりとまとまり、荷車の御者席に座っていたタンブール兄弟の片割れが帽子をひっつかんで牛をまとめるために飛び降りるや、すかさずその座を占めるはヤン・クラーヴェル、顔には険しくも油断なき表情を浮かべて銃を構えるさまは、いまは滅びゆく種族、古き農場のホッテントットであった。

混乱の渦の端から、わたしが慎重に見極めようとしたのは、いまや完全に包囲された荷車がお祭り騒ぎに付随する現象ではなく、遠まわしに腹黒い計略へと移行する最初の気配ではないかということだった。強奪されていずこへか走り去る荷車と牛を追って、むなしい威嚇の叫びを空へ向かって吐くような笑劇を避けるためなら、わたしは生命を投げ出すことも辞さない覚悟でいた。ところがそんな計画は彼らの心中にはなかった。雄牛に乗った男が、にらみつけるわたしのところへ近づいてきて、礼儀正しく話しかけてきたのだ。

人のなかの人［コイコイ］の土地へようこそ。われわれは常に喜んで旅人を受け入れ、彼らが運んできた新たな話を聞きたいと思っているという。人には飲食物を、牛には水を提供しよう。ついてくるがいい。心ゆくまでわが民のもとに逗留することを歓迎するといっていた。

「歓迎に感謝する」とわたしは応えた。「だが、あなたの従者のせいでわたしの部下が落ち着かない。あれを止めてもらえないだろうか?」

「あなたがたに危害を加えるつもりはない」と彼はいった。「贈り物をいただこうか?」

それを聞いた男たちがいっせいに叫んだ。「贈り物、贈り物!」と騒ぎ立てる男たちのなかから前へ進み出る者が一人、わたしの馬の鼻先でちょっとした踊りを始めた。胸を前へ、尻を後ろへ突き出して、両足は歩いているように見えながらその場から移動しない、という奇妙なダンスをやったのだ。「贈り物！」と彼は歌った。「贈り物をくれ！　贈り物！　贈り物をくれ！」その歌を受けて仲間たちもまた歌い出し、時おり手を叩きながら、その場ですり足で踊った。わたしは自分の部下たちを呼び寄せようと声をあげたが、あたりの騒がしさには勝てなかった。プラーチェはさらした恥をどこかへ隠そうとしていた。アドニスは一連の大騒ぎをじっと見ながら愉快そうに笑っていた。タンブール兄弟はさっきから、人を引き込む手拍子に加わっている。自制心を失っていないのはクラーヴェルだけだ。牛車の御者席に毅然として座り、表情を石のように閉ざして、わたしに視線を向けていた。わたしは合図を送った。彼は座席から飛び降り、銃を「モーゼの杖」のように自分の前に構えて、人を押しのけながらわたしの方へやってきた。野蛮人たちが彼のために道をあけて、彼が通り抜けるとまたその道は閉じられたが、なかの一人が彼の不器用な歩き方を真似てみせると、それを見たほかの連中が一瞬ダンスの動きを止めて爆笑した。「煙草の箱を開けて一人に二インチだけやれ」とわたしは彼に命じた。「二インチだ。それ以上はだめだ」

群衆がふたたび彼の前で道をあけながら、今度は魔術を使う狩りの歌を歌い出した。「おれの罠にかかれ、野ガンよ、おれの罠にその長い首を突っ込めば、木喰い虫の子を食わせてやるぞ」プラーチェがまた姿を見せた。彼やほかの従者たちまで笑っているではないか、目立たないようにではあったけれど。

クラーヴェルが牛車の後ろからなかに乗り込み、巻き煙草を詰めた六ポンドの箱とバールを手にして出てきた。蓋をこじ開けて、ゆっくりと煙草を二インチの長さに切り、ぐいぐい手を突き出してくるホッテントットたちに渡していった。群衆のなかで押し合いへし合いの争奪戦が始まり、ぶつぶつとつぶやく声が「もっと！　もっと！」と叫ぶ声に変わった。件の雄牛はわたしのそばで草を食んでいた。乗り手のほうは煙草を奪い合う男たちに混じっている。クラーヴェルがわたしのほうへ、どうしたものかという視線をよこした。「それ以上はダメだ！」と怒鳴るようにわたしはいった。命令が彼に伝わった。ホッテントットが一人、荷車によじ登ろうとした。その指をクラーヴェルが蹴ると男は退却した。ほかのやつが煙草の箱をクラーヴェルの足のあいだからひったくった。クラーヴェルは盗人を捕まえようとしたが取り逃がした。しばらく箱は群衆の頭上を泳ぐように手から手へと渡っていった。そのうち箱はひっくりかえり、二十人の男たちが略奪品の分け前をわれがちに奪い合った。クラーヴェルがそこへ飛び込んでたたかったのはもちろん正義のためだ。「放っておけ！」とわたしは叫んで、混乱に乗じて馬を駆り、先頭の牛たちに思い切り鞭をあてた。牛たちが鼻を鳴らして大きく動きはじめた。雄牛を鞭打ち、鞭の柄でその鼻先を小突いて列を動かした。牛車はがくんがくんと揺れながら前進した。ホッテントットから叫び声があがった。わたしの部下たちはてんでに持ち場に戻った。クラーヴェルの姿が見えた。帽子をなくし、ぜいぜい喘いでいる。第二組の牛たちの大半はわれわれの後ろからのそのそついてきていたが、何頭かはホッテントットによって引き綱を切られていた。それは諦めた。われわれは逃亡しているわけではなく、態勢を立てなおしているだけで、ときがくればわれわれのものは取り戻せるだろう。全速力で移動したが、それは人が歩く速度だった。しかしホッテントットがわれわれの後ろから大きな甲高い叫び声をあげながら走ってくる。彼らに向かって発砲するのは賢明ではないと判断した。組織だった敵意を見せているわけではないのだ。「戻ってこい！」と彼らは叫んでいた。無視しろ、とわたしは御者に命じた。それから取って返して、退却する牛車の後ろに陣取り、近づいてくる野蛮人たちと向き合った。わたしが片手をあげた。彼らは小走りにわたしの馬の鼻先までやってきて、立ち止まり、仲間うちでひそひそ話しはじめて、興味津々でわたしの顔を見ては、まるで小さな奴隷少年のように陽光に目を細めた。わたしは彼ら全員が首をそろえるまでことばを発しなかった。彼らの後ろでは、いなくなった四頭のわたしの牛が思いのままに草をもとめて散らばっていた。わたしの後ろでは、牛車が安全な場所まで遠のいていった。わたしは口を切った。

「われわれは平和な心を抱いてナマクワの人たちの土地へやってきた。われわれの耳には豊富な資源、寛容な心、そしてナマクワの人たちが狩りで見せる卓越した技量をめぐるあまたの話が届いている。長年にわたり、ナマクワの人たちとは直接対面して、大洋と大洋が出会う海に面したケープに居を構える、われらが偉大な総督からの挨拶のことばを伝えたいと切に願ってきた。われわれが平和を願ってやってきた証しとして、ナマクワの人たちに多くの贈り物をたずさえてきた。煙草、銅、火口箱、ビーズ、ほかにもいろいろある。

われわれがナマクワの人たちにもとめているのは、遮られることなくその土地を旅して象狩りをする権利である。象牙はわれわれにとって貴重なのだ。

しかし砂漠を横切り、山を越え、川を渡ってナマクワの土地へようやくたどり着いてみるとどうだ？　召使は蔑みを受け、牛たちは追い払われ、われわれの贈り物はなんの価値もないとして踏みつけられる。このナマクワの人たちのことを南の仲間たちにどう報告すればいいのか。見知らぬ訪問者を出迎える作法を知らず、歓迎の仕方さえ知らないと伝えようか？　通りかかった旅人から疲労困憊した哀れな牛を盗まねばならないほど貧しいと？　贈り物をめぐって言い争うねたみ深い子供のようだと？　権威を敬うべき指導者さえいないと？

いや、そんな報告をたずさえて帰るなら、わたしは嘘つきになってしまうだろう。なぜなら、ナマクワの人たちは男であり、男のなかの男であり、力強く、寛容で、偉大な統治者に恵まれていることをわたしは知っているからだ。今朝の不幸な出来事は不問にしよう、あれは夢であり、起きなかったこととして忘れることにしよう。手にしたものはそのまま取っておいてくれ。だがこれ以後は男らしい態度で、たがいの資産は尊重すると決めようではないか。わたしのものはわたしのもの――わたしの牛、わたしの牛車、わたしの品物。そして、きみたちのものはきみたちもの――きみたちの牛、きみたちの女、きみたちの村。われわれはきみたちのものを尊重し、きみたちはわたしのものを尊重すると決めようではないか」

こんな学校長まがいの威嚇で結論づけるのもありかと判断したのは、激烈な反応が返ってくるものと注視していた彼らの目が、話半ばでただ退屈して気が散るようすを見せたからだ。法廷用修辞のアイロニーと道義上の説教はナマ語に翻訳するのは容易ではなく、ホッテントットの感性にはまったく馴染みのないしろものだった。彼らが勢いづいて行動に移ることはなかったし、実際、わたしの演説への応答さえ皆無だった。牛にまたがった男は、パイプも火種ももたず、煙草をくちゃくちゃと噛んでいた。あたりを沈黙が支配した。わたしは心穏やかではなくなっていった。ホッテントットたちは好奇の目を細めてわたしを見ていたが、非友好的というわけではなかった。ひょっとすると、右肩に陽光を受けた騎乗のわたしの姿が、神か、彼らがいまだ知らない神のように見えたのかもしれない。ホッテントットは原始的な民族なのだ。

「きみたちの村はどっちの方角にある?」

これで彼らは急に嬉しそうに活気づいた。「あっちだ、あっちだ!」といって、ぶざまに逃げる重たい牛車の方角を指差した。それで七面倒くさい宿題がひとつ省けた。

「遠いのか?」

「遠くない、遠くない!」

「では喜んできみたちとともに仲良く行くとしよう! すんだことは忘れよう! さあ、牛を進めろ!」こうして笑いさざめく野蛮人たちがわたしの真後ろを走ったり、馬のあぶみにぶらさがろうとするなか、わたしは牛車のあとを追った。決意を固めた男の危険な多幸感に満ち満ちて。

ホッテントットの野営地はレーウウェン川に流れ込む一本の川の岸辺に広がっていた。飛び地も入れて大まかな円を描きながら、四十ほどの小屋がならび、そこからぐんと離れた川向かいに五軒の小屋が建っていた。おそらく月経中の女たちの小屋だろう。月経中の女は夫にも牛にも近づくことが許されないのだ。小屋は画一的な建て方で、地面に円を描くように突き刺したしなやかな枝先をひとつ所で束ねて、できあがった半球の上から樹皮と動物の皮を広げたものだ。頂点部が塞がれていないので、ホッテントットは寝床から夜空を見あげることができる。だからといって空の神々と特別な関係を育んだり、ホッテントットの占星術が生まれたりしたわけではない。開口部はたんなる煙穴にすぎない。

一団のうちの一人が牛車の前に走り出て、全速力でわれわれのことを野営地に知らせにいった。われわれが視界に入ると、興奮に半狂乱になった少年と犬たちが踊り出てきてわれわれを迎えた。野営地では腰に赤ん坊をくくりつけた女たちと、その脚の後ろに恥ずかしそうに隠れる器量のいい十歳ほどの少女たちが、料理の鍋をほったらかしにして突っ立ったまま、目を細めてわれわれを見ていた。薄い煙がもやもやと空に向かって立ちのぼっていたのはいうまでもない。

いつもとちがう予防措置を講じなければ、牛車が、なんでも略奪する子供たちにまる裸にされてしまうと思ったわたしは、野営地のかなり手前で一行を停止させ、必需品をいくつか下ろして、部下たちに補給物資を麻布に包んでしっかり紐をかけるよう指示した。作業をさせながら、牛車と牛たちを命がけで守れ、だが騒ぎはいっさい起こすな、と命じておいて、わたしは馬に乗り、後ろになおもついてくる痩せた野蛮人のがきどもを従えて村に入っていった。

快適な生活に馴染んだ者にとって、ホッテントットの共同生活が隠し持つ恐怖のことをわたしは忘れていた。痩せこけた犬がしっぽを地面にばたばたと打ちつけていたが、短い革紐で首を岩に縛られているため噛みつくことはできなかった。屠殺用の杭から出る臭気があたりに漂っていた。女たちの目に宿る惨めな愚鈍さ。子供たちの唇から垂れるよだれを吸う蝿。土埃のなかの枯れた小枝。陽に焼けて白茶けた亀の甲羅。生命あるすべてのものの表面が飢えのために干割れていた。虫だらけの暮らしに彼らはどうやって耐えられるのだろう?

野営地の中央にある小さな広場へ乗り入れてから馬を止めた。ぐるりとホッテントットたちが取り囲んだ。わたしに付き添ってきた者たちが人だかりに混じって陽気にしゃべり、笑っている。不機嫌そうな女たちのなかには彼らとやりあう者もいた。二百人ほどいただろうか。少年たちが身をよじるようにして円の内側に出てきて、その場にしゃがみ込み、楽しそうに見物している。わたしを「長鼻」と呼ぶ声がした。辛抱強く、騎馬像さながら、わたしは彼らの族長の出迎えを待った。

ホッテントットは儀式にはとんと無頓着で、権威に対しても通り一遍の敬意しか示さない。彼らの族長はわたしを出迎えることができなかった。老人で、病にかかり、おそらく死にかけているのだろう。それでもわたしは彼に会いたいといった。執拗に言い張った。わたしは馬から降りて、鞍袋から贈り物を取り出した。彼らは肩をすくめて、たがいに笑顔を見交わし、わたしを案内した。全員がささやきあう集団となって、ある小屋まで移動した。入口は開いていた。身をかがめてなかに入った。その後ろから、これでもかというほど大勢が入ってきた。空気は淀んで蠅が飛び交い、尿の臭気がした。男が一人、何枚も重ねた獣皮の上に横たわっていた。暗がりではそれ以上判別できなかった。少女が一人、彼の枕元に座ってジャカランダの枝で蠅を払っていた。小柄な男がわたしの肘をつつき、あいている手に椀を滑り込ませた。わたしはその男をじっと見た。彼はにっこり笑って頷いた。わたしは液体をすすった。サワーミルクだ、なにかで味つけしてある、蜂蜜だ。「病気だ」と男はわたしの肩越しにささやいた。「どこが悪いんだ?」「病気だ」わたしは椀を脇において、寝床の上からかがみ込んだ。暗がりでも目が利くようになっていた。病人は眠っていた。髪と髭が灰色だ。「どこが悪い?」とわたしが訊いた。「脚だ」といいながら男は自分の脚をたたいた。寝床の人物には胸から足首まで布がかけられていた。「薬はやっているのか?」とわたしは少女のほうを見た。彼女はわたしと目を合わせようとしなかった。男と話をするには年が若すぎたのだ。わたしはまわりの者たちを見た。「やってる、やってる、薬はたくさん」「助かるのか?」「もちろん、助かる」微笑み。彼らから本当のことを聞き出すことは不可能だ。その男は死にかけていた、ホッテントットによくある癌のような病気らしい。患部を尿で洗い、おそらく煎じ薬を飲ませているのだろう。寝床の足元に、持ってきた銅線、煙草、火口箱、ナイフを置いた。それから踵《きびす》を返して馬のところへ戻った。この連中は無視してもかまわない。

牛に乗っていた男がわたしの肩に手を置いた。「ここにとどまり、われわれとともに食事をしていけ、おまえたちみんなで。はるばる遠く旅をしてきたんだ、牛も疲れている。二、三日泊まっていけ。そうすれば道案内をつけてやろう。この土地には悪い連中もいる。おまえたちだけでは安全ではない。ここに泊まれ。もてなしてやろう」この男はだれだ？わたしのまわりに人だかりができていった。牛車を出迎えた者の顔も混じっている。一人が牛に乗っていた男の耳にささやいた。彼は肘で男を突き返した。わたしは冷静さを取り戻して口を開いた。

「心遣いに感謝する。喜んで泊めてもらおう。だが部下たちがわたしを待っている。彼らに指示をあたえなければならない。いっしょに戻ってこよう」

彼らは嬉しそうではなかったが、馬に乗るわたしを妨げるものはなかった。馬をゆっくり駆って牛車まで戻った。後ろからは縦一列になった子供たちがついてきた。

すべて上首尾というわけではなかった。牛車のテールゲートのところで見慣れぬ者たちが輪になり、そこでクラーヴェルがだれかと小競り合いをしているようだ。四人のほかの部下たちは、なすすべもなくひとところに突っ立っていた。「いったいどうした？」とわたしは訊いた。プラーチェを見た。彼はぶざまに肩をすくめた。「たった半ときほど離れただけで、帰ってみたらこのざまか！」「あいつらが盗もうとするんです」「なんとかしろ！」わたしは金切り声でわめいた。腹が立っていた。みんないっせいに、ナマクワ人まで振り向いてわたしを見た。頭上に鞭をかざして一団のなかに突進した。人の群れが四散して、クラーヴェルと新顔の少年が置き去りにされたように残り、小さな袋と思しきものを奪い合っていた。わたしが身をかがめて二人を鞭で打ち据えると、少年は這うように逃げていった。クラーヴェルは袋をつかんだまま仰向けに倒れていた。よくできた番犬だ！そろそろ五十になろうというもの。「立て！」金切り声でわたしは怒鳴った。「ここはおまえにまかせたんだぞ！　いったいどうなってるんだ？」彼が身を起こして立った。息が切れてしゃべることができない。ほかの男たちをぐるりと見渡すと、アドニスの顔に薄ら笑いが浮かんでいた。頭をひょいと動かしたので鞭はその肩を打った。「牛をつなげ！　全部！　ただちに！　二組で牽《ひ》かせろ！」わたしの顔が紫色にうっ血していた。連中には意志ってものが欠如している、生まれながらの奴隷だ。

ホッテントットたちが後ろに身を引き、小さな塊になってわれわれをじっと見ていた。わたしは彼らに向かって馬を進めた。「わたしの牛車と牛たちに最初に手を出したやつをこの銃で撃ち殺してやる！　この銃でおまえたち全員を殺せるんだぞ！　自分の家に帰れ！」彼らは石のように顔を強張らせてにらみ返してきた。群衆はさらに大きくなっていった。いままでは赤ん坊をつれた女たちまで村からふらりとやってきていた。「ススススサッ！」とだれかがいうと、それに応じてほかの者たちも「ススススサッ！」と応じた。

追い込んだ動物を嘲って飛びあがらせるときに使う歯擦音だ。スススッサッという音が一定のリズムを作り出した。わたしは一歩も引かなかった。わたしの乗っている馬が神経質になっていた。

群衆から女が一人前へ出て、わたしのほうへ進んできた。膝を曲げ、両膝を広げた格好で、両腕を横に平行に伸ばしている。「ススス」という連打に合わせて女が全身を小刻みに震わせると、肉づきのいい裸の胸と尻がぶるぶると揺れた。「サッ」と破裂音が起きるたびに、女は指をぱちっと鳴らし、頭をぐいっと動かして、腰骨をわたしに向かって突き出した。そんなふうに両股を広げたまま、身を震わせてはぐいっと動かし、三歩進んでは二歩さがりながら、女はわたしに近づいてきた。ホッテントットの歌声が前より静かになり、興奮の度合いが高まり、やがてわたしにも女が指をはじく音が聞こえるようになった。細い目の奥から女はわたしに微笑んでいた。

わたしは軽く銃を持ちあげ、女の足元の地面に向かって発砲した。エコーは響かず土埃もほとんどあがらなかったが、女は恐ろしさに金切り声をあげて地面にばったり倒れた。群衆は尻尾をまいて逃げ出した。女を倒れた場所にそのまま放置して、わたしは牛をつなぐ作業の監督に向かった。女はすぐさま這うように逃げていった。

太陽が西にかたむきかけたころ、さびれた村をあとにした。北へ向かって進んだ。心が浮き浮きした。すぐにまた自分たちだけになって立ちなおることができるだろう。夜遅くまで旅を続けた。休息のために停止するときは見張りを二倍にした。悪い夢を見た。夜明けに目が覚めると、身体が震えて頭がくらくらした。クラーヴェルが指差す南の方角に煙が見える。われわれが通ってきたところだ。牛たちは疲れ切っていたが、ふたたび出発した。わたしは毛布にすっぽり身を包んで御者の隣に座った。骨がずきずき痛んだ。太陽が頭上高く昇るころに水を見つけて停止した。いまでは背後の平原に小さな黒い人影が追ってくるのが見えた。わたしは水をがぶがぶ飲んで、それからすさまじい勢いで腹の中身を外へ出した。馬に乗る力が出ない、ひょっとしたらまっすぐ撃つことができないかもしれない。部下たちがわたしを牛車のなかに寝かせて、そばに銃を置いた。わたしは部下たちに、恐れることはない、平原を離れずに北へ向かえ、と命じた。彼らが牛の足を蹴って立たせ、引き具をつけた。追っ手を見分けることはできた。三十人の男たち、牛に乗った男が一人。牛たちは暑熱のなかをよろよろ進んだ。もしもここで止まったら牛たちは金輪際ぴくりとも動かなくなり、その場に根を生やしたようになってしまうだろう。クラーヴェルに身体を支えられて、わたしはテールゲートから勇ましく排泄しながら、この飛び散る飛沫を使ってホッテントットの魔術師たちがわたしの未来を占えるだろうかと思った。圧倒的な平安が訪れた。牛車の規則正しい揺れと、幌に当たる穏やかな陽光。秘かな思いは自分のなかに埋めた。わたしに危害がおよぶことはなかった。

ずいぶん時間が経った。竜巻の形をした暑い大気のなかを、空高く昇っていく鷹を見た少年時代の記憶にひたっていた。

牛車が動いていない、それで覚醒した。力をふりしぼって叫ぼうとしたが、寝床を汚しただけだった。衰弱して、起きあがる力がなかった。目が痛かった。外で話し声がした。ホッテントットのことばだ。なにをいっているのか聞き取ろうとしたが、すべて三とおりの意味に聞こえた。食べなければ、さもないとすっかり力をなくしてしまう。

部下たちがわたしを裏切りはじめていた。見知らぬホッテントットと結託しようというのだ。あたうかぎりの慎重さでわたしは銃のありかを探った。銃床を握り、その心地よい確かさと自分の腕の入り組んだ筋肉組織にあらためて感謝した。そうやって横になり、自分自身の悪臭のなかに浮かびながら、にんまりとして聞き耳を立てた。声はふたつ聞こえた。ひとつは近く、ひとつは遠く。「おれの足を洗え、おれの胸を縛れ」と近くの声がいった。「歌わないと約束してくれるか?」遠くで、はるか離れた南から、ふたつ目の声が歌った。ただちに最初の声が応答した。わたしは聞き取るのを諦めて、また眠りのなかにもぐり込んだ。

わたしは粗雑な扱いを受けていた。荒っぽい男たちがわたしを死体のように毛布にくるんで持ちあげようとしていた。両腕が脇に固定されていて動かない。わたしは泣いていた。涙で顔が濡れていた。頭が足より低くなった。牛車から運び出されようとしている。陽が落ちて、空には星が出ていた。牛のあまい臭いがする。わたしを運んでいるのはわたしの部下たちだ。帽子でわかった。「プラーチェ」とわたしは低い声でいった。「わたしをどうするつもりだ?」「看病はわたしたちがいたしますから、ご病気なんですよ」プラーチェがわたしの上から守護天使のように微笑みかけていた。彼はわたしを地面に横たえた。ほかの部下たちも上から優しげな顔をのぞかせた。幼すぎて形の定まらないタンブール兄弟、善良なアドニス、忠実な古参のヤン・クラーヴェル。わたしは嬉し涙を流した。そしていま彼らの顔に混じっている見知らぬホッテントットの顔がわたしに微笑みかけながら、悪意はないと伝えて、わたしの疑念を取り除こうとしていた。優しい手が助け起こしてわたしを座らせてくれた。眉毛を上下させてわたしは自分の悪臭をわびた。持ちあげられて、牛の背に乗せられた。わたしの牛ではなく、見知らぬホッテントットの牛だ！　しばらく座っていたが両腿に引き締める力が入らず、横にずるずると滑り落ちてしまい、地面に降ろされた。わたしを取り巻く声がまたぶつぶつと、どうすればわたしが楽な姿勢になるかを話し合っていた。わたしはにやりと笑い、また眠りのなかに滑り込んだ。

目が覚めると意識は澄みわたり、二頭の軛《くびき》をつけた牛に渡した担架に縛りつけられて、わたしはがくんと揺れてはかたむいていた。ほかの牛たちは荒い息を吐きながら後ろに続いているが、牛車の姿はなく、中身を略奪されて遺棄されたのだと知った。身体の緊張がとれずに、襲ってくる悪寒にさいなまれた。口笛を吹いたり、しわがれ声をあげたり、喘《あえ》いだりして、夜を徹して逆さまのわたしを先導する逆さまの見知らぬ黒い人物の注意を引こうとした。一瞬、冷静な計算力が戻ってきて、なんの熱病だか知らないが自分が病気になり、無情な盗賊の手中に落ちたことを理解した。医術の基礎さえわきまえない野蛮人の、そのもてなしを昨日自分が侮辱したばかりの原始人どもの手中にあると理解したのだ。死んだ母親が垂直の背もたれのついた椅子に腰かけ、わたしが死んだと伝える手紙を読んでいる幻覚に沈み、それからまた震えの発作に襲われて覚醒し、長くわたしにとって不在だった神に陽光をいま一度もたらしたまえと祈った。空から降るようにまたたきつづける星々、こんなときでなければその水晶のような美しさに感嘆していたことだろう。わたしはまた、死から錯乱までどんな状態でもいいから忘却の彼方へ追いやってくれと祈った。あたえられたのは錯乱につぐ錯乱で、最後は手足の感覚がなくなるほど激しい悪寒に襲われた。「おれは、死にかけて、いる」と、正しく明解な［三語の］オランダ語でいって、「なんて屈辱的な」といったその瞬間に空が明らんできたことに気づいた。亜熱帯の、つかのまの朝焼けに永遠の祝福を。ときがすぎて、わたしの身体は温まり、やがて自分がさらされた死の不安を忘れることができるようになると、今度は渇きによって死ぬのではないかと思いはじめた。この連中はどうやって、哀れにも愚かしい、わたしの牛たちから夜を徹して進む力を引き出したのか？　役立たずの虚勢を張って、わたしはまたしても毛布を汚してしまった。死者の浄めは死者にまかせよだ、わたしは救われるんだ。

おーい、というホッテントットたちの声がして、ぺちゃくちゃしゃべっては手を叩く、まことに不快なガキどもの群れがまた姿をあらわすと旅は終わりを告げた。話し合いが際限なく続くあいだ、わたしは逆さまのまま気をもんだ。やがて、のぞき込む女たちの人垣を抜けてわたしが連れられていったのは、村本体との境界を示す川の向こうに寄りかかたまっている小屋だった。どういうわけか部下たちの姿はなく、見知らぬ者の手によって紐が解かれ、わたしは担架から下ろされて日陰に横たえられた。見物人はいつのまにか消えて、残っているのは二人の無敵の老人と子供たちだけだ。「水！」と叫ぶと、意外なことに老婆がひょうたんの器を持ってあらわれた。それは水だったがひどい色で、玉ねぎの臭いがした。そうする自分を嫌悪しながら、ごくごくと飲んだ。わたしは老婆にちらっと笑いかけた。老婆は行ってしまった。

クラーヴェルがやってきたが、わたしがそうあってほしいと思うほど案じるようすはなく、わたしを野次馬の目から離して月経小屋へと移動させた。どうやらそこがわたしに割り当てられたらしく、人目につかないその暗くて陰気な場所で三たび、現場監督の腿にしがみつきながらわたしが半球形のひょうたんのなかに脱糞すると、その中身を茂みに捨てるのが彼の特権となった。それからというものクラーヴェルは来る日も来る日も欠かさずこの仕事をやった。朝と夕方、彼はまた、わたしに煮出した汁の入った椀を運んできた。それは下剤として腸を洗浄し治癒を促すもので、水をくれたあの老婆がわたしのために処方したのだ。老婆は陰気なブッシュマンの奴隷で、ブッシュマンの薬草の知識があった。ときどき小屋の入口からわたしをのぞき込む姿がちらりと見えたので、わたしの病気はなにか、具合はどうなのか、なぜわたしの世話をしてくれるのか、そして（この衰弱で）わたしは死ぬ運命なのかと質問したが、返ってくるのは無作法な沈黙だった。

熱はあがったりさがったりしたが、それは発熱にともない魂の翼が収縮するのと、地上への帰還が遅々として進まぬ気だるさによって、初めてそれとわかるものだった。わたしはふたたび過去を住処にし、野生を飼いならす者としてのわが人生に思いを馳せた。ひと目でとりこになった広大な新天地に思いを馳せた。わたしの指揮による数々の死に思いを馳せた。レイヨウのだらりと垂れた舌、ぱりっと割れた甲虫の甲皮。わたしが翼を軽く広げて、住みついてみたのはわたしを乗せて生きてきた馬たちだ（馬はいったいそれをどう思っていたのか？）。長靴のしなやかな革、赴く先々でこの顔に当たった微風。こうしてわたしは前進しながら、これまで馴染んだ世界を取り戻すために寝床という萎縮した空間から自分を送り出し、その世界を取り戻した。そのうち太陽と石という異質ながら確かなものに直面して行き詰まらざるをえなくなり、それはひるまずにすむ日のために取っておくことにした。石だらけの砂漠が陽光のなかでちらちらと揺らめいていた。この見慣れた赤色か灰色の外部世界の奥で、人間が住みついたどの次元にも突き出ているこの外部世界の奥で、まったく世に知られていない黒い内部世界が待ち伏せている、と石はその石の心からわたしの心に語りかけた。とはいえ、この無垢な内部世界は探検者の鉄槌を食らうや一瞬のうちに、あの赤色か灰色の外界世界に変容し、充溢した揺るぎなき現世のイメージへと変わる。であるならどうして――と石は訊ねた――宇宙の核心を貫こうと槌をふるう者は内部世界の存在を確信できるのか？　これら内部世界はひょっとしてフィクションかもしれず、レイプを誘う疑似餌《ルアー》として宇宙がその探検者を誘導するために使っているのではないのか？　（その棺のなかに葬られたわたしの心臓もまたずっと闇のなかで生きてきたのだ。わたし自身をみずから刺し貫けば胃腑は目がくらむだろう。そう考えると心がざわついた。）

わたしは瞑想した。夢という主題を夢見ていたのかもしれない。ナマクワたちに会ってからわたしに降りかかった不運はすべて悪い夢だと思いたかったのだろうか？　ナマクワは悪魔にすぎなかったのか？　わたしは自分自身の地下世界の囚人になったのか？　そうであるなら陽光のもとへ戻る道はどこだ？　唱えるべき呪文が要るのか？　確信をもって「わたしは夢を見ている」と絶叫すれば呪文になるのか？　であるなら、なぜわたしは確信がもてない？　ナマクワたちのところに滞在することのみならず、わたしの人生はすべて夢かもしれないと恐れているのか？　だが、そうであるなら夢の出口はわたしをどこへ連れていく？　「夢人」であるわたしだけが住処とする宇宙へでも？　しかしこう考えることで、わたしは曲がりくねった隘路を通ってささやかな寓話へたどり着き、その寓話をあたためておいて孤独な夜々はいつも逆にみずからをなぐさめてきたのではなかったか？　砂漠で道に迷った旅人が、選択の余地なく死ぬよりは最後の水の一滴を飲まずに残して、あえて死を選ぶように？　しかし一方で、このささやかな寓話が人生の機微の多くを奪わなかっただろうか？

こんな優雅な瞑想の諸相をクラーヴェルに打ち明けたのは、閉じ込められてから三日目の黄昏どきで、最後の燕が水面すれすれに低く飛び、最初の蝙蝠が姿を見せるころだった。黄昏どきはいつも無性に打ち明け話をしたくなるものだ。クラーヴェルはひと言も理解できず、話のあいまに「はい、旦那さま」というだけだった。だがわたしは自分の思索に酔いしれるあまり、分別を取り戻すことができなかった。

自分自身と世界について夢見るという、肥沃ながらも全体としては活力に欠けた凡庸な概念から話を進めて、わたしは野生を飼いならし、支配する者としての、みずからの天職について語った。

野生世界にいるとわたしは境界の感覚を失う。これは空間と孤独がもたらす結果だ。空間の作用はこうだ――五感は住処とする肉体の外部へ広がるが、そのうち四つの感覚は虚空へと拡散する。耳は聞こえなくなり、鼻は臭いを感じなくなり、舌は味覚が消えて、皮膚感覚は麻痺する。皮膚感覚が麻痺するのは、陽光が肉体にのしかかり、肉と皮膚が熱だまりに入り込み、皮膚は無益に四方に伸びて、あらゆるものが陽光となるからだ。目だけが力を保持している。目は自由で全方位、地平線の彼方まで広がる。目から隠れおおせるものはない。ほかの感覚が鈍くなり麻痺していくにつれて、わたしの目は自在に収縮し拡張する。わたしはあたりを映し出す目という球体となって野生世界を移動し、それを取り込んでいく。野生世界の破壊者として、わたしは地平線から地平線へ、貪るように道を切り開きながら大地を進んでいく。わたしが目を背けるものはない、わたしはわたしが見るものすべてなのだ。なんという孤独！　石ひとつ、茂みひとつ、哀れなつましい蟻一匹たりとも、この旅する空間に包摂されないものはない。わたしではないものなどあるのか？　わたしは写像であふれる黒い核と一丁の銃をもった透明な袋なのだ。

銃は自分以外の他者が存在してほしいという希望の象徴だ。銃はわれわれが旅する空間内で孤絶することに抗う最後の防御手段だ。銃は世界とわれわれのあいだの調停者であり、それゆえわれわれの救済者だ。銃は吉報をもたらす――これこれしかじかが外にいるが、恐れることはないと。銃は全生命がわれわれの内部にあるのではないかという恐れからわれわれを救済する。それは死にゆくゆえに生きている世界の証しを、われわれに必要なその証しを、すべてこの足元に横たえることによってわれわれを救済する。わたしは肩に銃をのせ、目となって荒野に分け入り、象、カバ、サイ、水牛、ライオン、ヒョウ、犬、キリン、アンテロープ、ありとあらゆる名で呼ばれるレイヨウ類、ありとあらゆる名で呼ばれる野鳥、野ウサギ、そして蛇を殺害する。わたしは皮と骨と、食べられない軟骨と、排泄物の山を置き去りにする。これはすべてわたしの、あちこちに散らばる、生命に対する金字塔《ピラミッド》なのだ。それはわたしの生涯をかけた仕事であり、死者の他者性を、それゆえ生命の他者性を、わたしは絶え間なく宣言しつづけるのだ。茂みもまた、きっと生きている。しかし、実際的な視点から見れば、それには銃は役に立たない。茂みや樹木に効力を発揮し、その死を生の讃歌へと変えることができそうな自己拡張の手段はいくつもあって、たとえば火炎放射器だ。だが銃となれば、木を撃ってみても始まらない。木は血を流さず、びくともせずに、木は木であることに囚われて、その外部で、それゆえにこの内部で、生きつづける。では足元で息絶え絶えの野ウサギはどうか。野ウサギの死は救済の論理だ。つまり、野ウサギが外部で生き、死んで物体《モノ》の世界へ入ればわたしは満足だし、あるいは、そいつがわたしの内部で生き、わたしの内部で死のうとしなくてもかまわない。なぜならわれわれは、だれもみずからの肉を憎まず、肉がみずからを殺すことはなく、どんな自殺も殺害者が犠牲者とは異なる他者であると宣言することだと知っているからだ。野ウサギの死はわたしのメタフィジカルな食肉《ミート》であり、野ウサギの肉はわたしの犬が食べる餌《ミート》のようなものだ。野ウサギはわたしの魂が世界と融合してしまわぬために死ぬ。野ウサギに誉あれ！　野ウサギを仕留めるのは容易ではないのだ。

野生を数えることはできない。野生は広大で境界をもたないゆえに単一である。いちじくの木を数えることができ、羊を数えることができるのは、果樹園や農場には境界があるからだ。果樹園の木や農場の羊の本質は数にある。野生と関係するとは、それを果樹園や農場へと変える飽くなき企てなのだ。フェンスで囲い込んで数えることができなければ、他の手段によって数値へと還元する。わたしが殺す野生生物はどれも荒野と数のあいだの境界を越える。わたしが統括してきた生き物の数は何万にものぼるが、そこにはわたしの足の下で死に絶えた無数の昆虫は入らない。わたしは狩人であり、野生世界を飼いならす者であり、数えあげる英雄なのだ。数を理解しない者は死を理解しない。その者にとって死は、動物にとって同様、曖昧なものだ。これはブッシュマンにも当てはまる。その言語を見てもわかるように、数を数える手順がないのだ。

野生のなかで生き延びるための道具は銃だが、その必要性は形而下的《フィジカル》というより形而上的《メタフィジカル》なものだ。原住民たちは銃などなくても生き延びてきた。わたしだって弓矢しか武器がなくても荒野で生き延びることはできただろう。まあ、なにもかも奪われて、飢えではなく、檻のなかのヒヒに腸の中身を排泄させる精神の病で死ぬかもしれないと恐れなければだが。

銃を手にしたいまとなっては原住民が死滅する運命にあるのは、銃が大量に彼らを殺すからではなくて銃への切望が彼らを野生から疎外するからだ。銃を手にしてわたしが進む領土はどこも、過去から解き放たれて未来へ向かわざるをえない領土となるのだ。

この説教にクラーヴェルはひと言も返さず、謙虚にも、もう遅いですからお休みになったほうがいいのではといった。わたしたちは外見上はおなじ暮らしをしていたが、彼はなにも理解しなかった。クラーヴェルはわたしが少年だったころからごく身近にいたやつだ。わたしは彼を相手にしなかった。

野蛮人は銃をもたない。これが野蛮の実質的な意味であり、それを空間への隷属と定義していいだろう。まあ換質命題的にいうなら探検家による空間の支配となるが。主人と野蛮人の関係は空間的な関係なのだ。アフリカの高地は平坦で、野蛮人は連続した空間を横切って接近してくる。地平線の端から近づいてきて、わたしの視線のもとで次第に人間になり、やがて危険領域の境界へ達するや、野蛮人の武器など屁でもないわたしが彼の生命を支配する。同心円が作る環状空間を横切るように、わたしがながめやるなか彼が心に荒野を抱いて近づいてくる。遠くにいるうちは彼はわたしにとって何者でもなく、わたしもおそらく彼にとって何者でもない。近くなるとたがいに恐怖に駆り立てられて、われわれは、人と人の、金鉱探索者と案内人の、恩恵を施す者と受け取る者の、犠牲者と暗殺者の、教師と生徒の、父と子の、ささやかな喜劇を演じるのだ。しかしその同心円内を横切る彼はいかなる役を演じることもなく、かつてわたしの目が包み込み摂取した外部世界の代表者としてやってくるのであって、その外部世界がいまその内部にわたしを包み込み摂取して、全滅あるいはいまひとつ別の歴史とわれわれが呼んでいい平原上の小さな点としてわたしを写し出すことを約束している。彼らにはわたしが一個の用語にすぎなくなる歴史があるのだと野蛮人は脅してくるのだ。それこそが主人の魂に巣喰う病理の物質的主成分である。覚醒時であれ夢のなかであれ、主人の魂があまりにたびたび野蛮人の接近を超えて生き延びてきたため、これが侵攻《ペネトレーション》生活の理想的な一形式になってしまったのだ。牛車は暑熱と荒地のなかを移動する。はるか遠くに黒っぽい影がいくつかあらわれ、それは人のようであり、野蛮人のようであり、牛車は前進して、人影が近づいてきて、最後の百ヤードを越える。牛車は止まり、牛たちは脱力して、聞こえてくるのは息遣いと蟬の声だけ。そこに彼は立ち、四歩離れて三フィート下方の規定どおりの位置にいて、あたりには諦念の空気が漂い、われわれはこれから、煙草の贈り物、平和のことば、水のありかと盗賊注意の警告、火器の実演、畏怖のつぶやきを生き抜こうとしていて、その結果、生涯にわたって背後にぱたぱたぱたという裸足の足音を従えることになる。疑念に満ちた探り合いが最後は腹蔵なき率直な台詞となって、野蛮人は謎に満ちた従者へと変容し、お馴染みのこの変容には魂の曖昧な動き（疲労、安堵、無関心、恐怖）がつきまとい、それが運命づけられたパターンや生存条件だとわれわれは思うのだ。

こういったことのすべてを、わたしはホッテントット、ヤン・クラーヴェルの野蛮人としての生得の権利を思い出しながら考えた。

クラーヴェルが翌朝やってきた。わたしが述べたことについてどう思うかと訊ねてみた。彼は、自分はただのしがないホットノットですから、といった。わたしは満足した。なぜほかの部下たちは挨拶をしにこないのかとわたしは訊いた。やってきたがわたしの病状が重かったのだと彼はいった。嘘だな、とわたし。もしやってきたならわたしの悪夢に出てきたはずだ。ちゃんといえ、とわたしは彼に命じた。すると、病気のことを恐れているんですと彼はいった。それも嘘だな、とわたしはいった。はい、旦那さま、と彼。ちゃんといえ、とわたし。ホッテントットたちがこの小屋（川を隔てた小屋）のことで彼らを怖がらせたのだとクラーヴェルはいった。わたしがにらみつけているうちに、クラーヴェルはもじもじと奴隷のすり足をやりはじめた。

おれはどこが悪い？　ホッテントットの病気なのか？　とわたしは訊ねた。そうではないと思います、とクラーヴェルはいった。ホッテントットの病はホッテントットがかかるものです。あと二、三日もすれば起きあがれるようになりますから。

おれの牛車はどうなった、おれの牛は、馬は？　牛車は？　牛車は夜中に放置したところにそのままになっていますし、そこへ戻る道順もすぐにわかります。でもなにもかも持ち去られて、残っているのは、たとえばタールバケツみたいな、使えないとはっきりわかる物だけです。牛や馬はホッテントットの牛たちといっしょに草を食んでいます。

次は部下たちを連れてこいとわたしは命じた。クラーヴェルはお辞儀をして後ずさりながら出ていった。彼が来たことでわたしはぐったり疲れてしまった。自分の夢想に戻りたかったができなかった。発作的に正気と不安の苛々に襲われた。左の尻に肛門から一インチほどのところにぶつりと出来物ができていた。癌だろうか？　尻に癌ができるのか？　それともただの、でかい吹き出物だろうか？　わたしから垂れ出た、不快な黄色い液体の後遺症か？　クラーヴェルにわたしの身体を清拭するよう命じたので彼はそのとおりにしたが、使ったのは羊毛の切れっ端だけだ。ホッテントットは石鹸のことなどまるで知らず、水を忌避して、泳ぐときは陰部の包皮を縛るほどだ。女たちの割れ目が不快な臭いを発するのはそのせいだ。

ひっきりなしに指で尻にできた腫れ物をいじりまわした。死ぬのはかまわないが、尻に膿をためて死にたくはなかった。戦闘でなら、心臓を突き刺されて倒れた敵の死体の山に囲まれてなら、喜んで息絶える。熱病で死ぬのもやぶさかではない、肉体は燃え尽きるが、最後まで思いのままに描く幻想の火によってならば。犠牲《いけにえ》の杭に縛られて死ぬことにさえ同意したかもしれない。もしもホッテントットが偉大な民族であるなら、儀式を重んじる民族であるなら、もしもわたしが捕らえられて月の出を待ち、押し黙った観衆の列のあいだを杭まで引かれていき、無表情な祭司たちの手で杭に縛りつけられ、足の爪、足の指、手の爪、手の指、鼻、耳、目、舌、そして陰部を切り取られるアルカディア的な厳しい試練に耐えるのであれば、そしてその儀式の執行がもっとも純粋な苦悶の叫びと形式に従い臓腑の抉出《けっしゅつ》をともなってクライマックスを迎えるならば、そのときはきっと、そう、わたしはきっとそれを愉楽とするかもしれない、行為する精神の内部に入り、儀式にみずからを捧げて、犠牲《いけにえ》となって死ぬかもしれない、満足のいく美的な全体に帰属したという感覚とともに、そのような美的な全体の終焉にいたるまでその感覚が継続するとしての話ではあるが。しかしホッテントットは、退屈から発作的にわたしの脳みそを棍棒で叩き出すことはあるとしても、いかなる宗教ももたないのだから、ましてやいかなる儀式ももたない彼らがわたしを犠牲《いけにえ》に捧げることなどありそうになかった。折に触れて頼る迷信と区別される、魔術の集大成さえ彼らにはなかった。ホッテントットが創造者の存在を認める理由は、たんに、創造者のいない世界を認めることが彼らにとってはあまりに困難だからだ。なぜ万物創造が、散在する物質充満《プレナ》空間と真空《ヴァクア》から成り立つかという問いが彼らを鍛えることはない。神には神の生活があり、彼自身の場所にいるだけで、そこにどのような悲しみや喜びがあるのかは知る由もない。神が愚かしい使い方で力をふるうときのみ、神をからかってもかまわない。それ以外は、かかわりをもたないことが正しい態度なのだ。「わたしは知っている。わたしなしには神は一瞬たりとも生きていない。もしわたしが無に帰するなら、必ずや神は息を引き取るにちがいない」（十七世紀ドイツ神秘主義的宗教詩人アンゲルス・シレジウスの瞑想詩）とホッテントットは歌う。

尻の腫れ物のことを、わたしは球根がわたしの肥沃な肉のなかに膿疱性の根を伸ばしているのだと想像した。それは押されることにひどく敏感になっていたが、そっと指で撫でるとまだ快い痒みを発した。というわけでわたしはまったくの孤独というわけではなかった。

子供が一人、小屋にふらりと入ってきて、わたしの寝床の横でしげしげとわたしを見ている。鼻も耳もなく口からは真横にならんだ上下の前歯が突き出ていた。ところどころ顔や手や脚の皮膚が剝けてピンクの内部をさらしているのが、ヨーロッパ人の顔色の下手なイミテーションのようだ。子供は暗さに目が慣れるまでそこに突っ立っていた。これは夢だとわたしは子供にいって、わたしに触るなと命じると、子供はくるりと背を向けて抜き足差し足で小屋を出ていった。這ってあとを追ったが子供の姿はなかった。わたしにはまともな食事が必要だった。閉じ込められてから肉のない出し汁しか口にしていないのだ。胃がきりきりと軋み、腹がむなしくよじれた。土埃に顔をつけて、食物をくれと大声で叫んだ。午後も半ばで、川向こうの小屋の陰に仰向けに横たわっている人影が見えた。茶色とピンクの男の子が隣の小屋の背後からまた姿を見せた。「食い物をくれ！」とわたしは叫んだ。「わたしがまともな食い物を欲しがっていると母親に伝えろ！」子供はちょこちょこと歩いて消えた。わたしは土埃のなかで眠りに落ちた。目が覚めると日暮れが近づいていた。腫れ物がずきずきした。川の向こうから突然、怒り狂ったような叫び声が聞こえてきた。「左だ！」「それだ！」「おれのだ！」男が二人、沈みゆく日の光のなかで向き合ってしゃがみ込んでいる。腕をてんでに振りあげ振りかざし、一瞬手を合わせたかと思うと次は横に大きく広げた。さかんに大げさな身振りをしながら、大声でわめき、大声で笑った。なんだ、ホッテントットの古めかしいゲームか。もうすぐ食事の時間だ。クラーヴェルが例の老婆のスープを運んできた。肉が欲しいとわたしはいった。するとクラーヴェルは干し肉を持ってきた。わたしは犬のようにそれを噛みちぎった。

わたしの胃にはどう見てもまだ固形物は無理なようだった。一晩じゅう胃は咀嚼された筋ばった肉に手こずってよじれ、胃の中身はついに、吹き出物の過敏な表面を削り取る酸性の突風となって一気に体外へ押し出された。油を染み込ませた羊皮でクラーヴェルが気遣いながらそっと拭いてくれたが、もはやぞくっとくる快感はなかった。その代わり、ずきんずきんと微妙な疼きが始まり、大きな心臓にリズムを合わせる小さな心臓となった。わたしはクラーヴェルに相談した。幼児のように弱体化させずに、胃を落ち着かせるものを入手できないか？　彼はわたしに必要なのはかゆだ、挽いた穀類をとろ火で何時間もことこと煮た薄がゆだといった。わたしはホッテントットに先見の明がないことを呪った。彼らは穀物を栽培しなかった。よりによってその日、彼らがたっぷりくれたのはカバの脂肉だ。狩人たちが罠に落ちた雌カバの肉を部分的に処理してそりにのせ、大きな川から戻ってきた。彼らはほかにも、足を縛り仰向けにしてそりにのせた二百ポンドの特上の生肉と、杭を突き立てられた母カバが血を流して死んでいくのを見ていて不意に捕獲されたカバの仔を持ち帰った。女たちがたったいま仔カバを棍棒で打ち据えて屠殺の準備をしているところだ。心臓が動いているうちに細い血管を潰しておけば、鮮度の落ちはじめた肉から流れ出る血の量を抑えることができるのだ。一度仔カバが女たちの手から逃げ出したらしく、小屋の背後から、笑い声をあげる人の群れに追いかけられてよたよたと走り出てきた。水しぶきをあげて川に飛び込み、ぴくぴくとひきつり喘ぎながらしばらくそこに立っていたが、また屠殺場へと突き戻されていった。炙ったそいつの肝臓か舌が無性に欲しかったが、自分の胃がそんな粗い食物を受けつけないのはわかっていた。そこでスープにする脂肪のない肉を少し確保してこい、とクラーヴェルを送り出した。彼は肉が切り分けられているあいだそばに突っ立って、なんとか肉片を手に入れ、脂抜きをして野生の玉ねぎを加えて、身体に優しいスープを作った。それは囚われの身となったわたしが初めて旨いと感じ、すぐに吐き戻さなくてもすんだ食事だった。

上機嫌でわたしはクラーヴェルを、祝祭の仲間に入ってこいといって送り出し、小屋の入口に腰を据えて耳を澄ませた。野営地の中央にある広場は見えなかった。女が二人、声をそろえて「ホ・タ、ティ・セ、セ」と哀愁を帯びた歌声を響かせ、ずしんずしんと巨大な乳棒が合いの手を入れる音が、夕暮れのなかを、木々の鳥のさえずりに混じって聞こえてきた。暗くなるにつれて、屋根屋根の上方を、大きな焚き火が明るく照らし出していった。歌声がやむと長いあいだ、耳に届くのはさんざめく叫びや笑い声だけになった。やがて闇の向こうから、待ちかねていた音が聞こえてきた。ためらいがちな葦笛の音と木の弓がたてるズンズンという音。最初の祝祭はひととおり終わって、いまはパントマイムとダンスの時間なのだろう。これが一晩じゅう、休みなく、何百ポンドかのカバ肉と発酵させた乳と蜜の蓄えがなくなるまで続くのだ。わたしは自分の状況にだんだん退屈し、苛々してきたことに気づいてほっとした。退屈は、ホッテントットが体験することのない感情、より高等な人間であるしるしなのだ。病状は快方に向かっているにちがいない。わたしは立ちあがった。一瞬めまいがしたが、難なく立ちあがることができた。尻を押し広げた格好で、何度も休みながら川岸まで歩いていき、そこでしばらく、大きな火が映し出すシルエットに目を凝らしながら横になっていた。それから川を渡って小屋のほうへ歩いていった。幽霊か、痩せこけた興ざめの先祖さながらだ。あっけなく見つかってしまった。「あいつだ！　あいつだ！」と女が叫ぶと、わたしは取り囲まれた。葦笛が尻すぼみになった。あたりは沈黙らしきものに包まれた。彼らは距離を保った。「危害を加えるつもりはない」とわたしはいった。女が甲高い声でわめきはじめた。群衆のなかからちらほら笑い声があがり、ゆっくりしたリズムで手拍子が起きた。男が一人、人垣をかきわけて前へ出てきた。見覚えがあった。牛にまたがっていた男だ。「あっちへ行け！」と彼はいった。「行け、行け！」川のほうへ向かって腕を振り、怒りを滲ませながら近づいてきた。わたしは向きを変えて立ち去った。尻がこすれたが、ぶざまな格好をするわけにはいかなかった。群衆が道をあけてわたしをじっと見ていたが、子供たちはわたしの前を後ろ向きになってちょこちょこ走りながら口を吸う音を立てて「ほうれ、ほうれ！」とはやした。またしめまいに襲われたが、今度のはかっと頭に血がのぼったせいで、一瞬、膝に両手をあててじっとせざるをえなかった。

子供たちは川岸にとどまった。わたしが渡りはじめると肘に手を添える者がいた。ヤン・クラーヴェルだ、なんという屈辱。わたしは歯ぎしりをして彼を払いのけた。ふたたび足を踏み鳴らすダンスのあいまに葦笛が聞こえはじめた。焚き火を背に二列になって、ゆっくりと円を描く人の流れが見えた。まず九音階を奏でる九人の葦笛吹きに先導された男たちの列、それから女たちの列だ。男たちは背中をまるめて膝と足を外へ開き、三歩進んで二歩さがる。女たちは尻を高く突き出し、軽く手拍子を取りながら、小刻みに規則的なステップを踏んで前進した。歌はひどく意味深長な「ナマの鳩」だ。葦笛がくらくらするほど甲高い単音を奏で、そこへ腰のリズムに合わせて木の弓を打ち鳴らす振動音が割り込み、螺旋模様を描く男たちは閉じた瞼の裏で秘かに練りあげた旋律とリズムに調和し、わけ知り顔の女たちが臀部をどっしり静止させて手と足で小刻みな動きを見せるアイロニー。それが新たな不安と肉感的な恐怖でわたしを満たした。ダンスは鳩の性的な前戯からインスピレーションを得たものだった。雄が羽をふわりとふくらませて雌をひょこひょこと追いかけ、雌は雄の数インチ前を知らんぷりして歩いていく。ダンスはこの円を描く追跡劇をみごとに暗示していた。だが、それは追跡を表現するだけでなく、そこに込められているものをも浮き彫りにしていた。セクシュアリティのふたつのモードだ。ひとつは聖職性と恍惚、いまひとつは豪華と洗練だ。リズム自体が単純化して、踊り手がパントマイムをやめてまっすぐに性的狂騒に突入し、集団乱交の最高潮に達してくれたらどれほどわたしは安堵しただろう。性交を観察するのはいつだって楽しみだった。動物の交尾であれ、奴隷の性交であれ。人間に関することでわたしにとって未知のものはなにもない。というわけで不安を押さえ込みながら観察を続け、やがて夜風が冷たくなって、わたしは寝床へ戻った。

翌朝、極度の空腹感で目が覚めた。発熱と衰弱は去り、残っているのは吹き出物だけだ。そっと押してみると鋭い痛みが走り、腫れはなかなか引かないと知った。鏡があればいいのにと思った。

食べ物を持ってくるクラーヴェルの姿はなかった。ためらうことなく川を渡って野営地へ入っていった。昨夜のような遊興三昧のあと、ホッテントットは一日中いぎたなく眠りこけるのだ。たった一人の敵に襲われるだけでひとたまりもないだろう。

最初の小屋をのぞき込むと知らない者たちが眠っていた。ふたつ目の小屋には姿を消した部下たちがいた。入口の近くにタンブール兄弟が水牛の革をかぶって寝ていた。やわらかな寝顔で、眠りのなかで少年らしい笑みを交わしていた。二人のあいだに少女が横たわり、大きな目を見開いてわたしを見ている。胸がかすかなふくらみを見せている。お似合いの年齢の少女を捕まえたわけだ。後ずさって出ようとすると、後ろの薄闇のなかに、ほかにも寝ている者の姿がちらりと見えた。

わたしの小屋のある岸辺も探索した。隣の小屋には老人がいた。かつてわたしが訪ねた族長だ。あごが革紐で縛られ、両腕は交叉させられていた。覆いを取ると、左脚の膝と股間のあいだに布がきっちりと巻かれていて、そこから腐臭が立ちのぼっていた。腹部が縫合されていた。

肌がピンクと茶色のまだらの子供が隣の小屋の入口で小便をしていた。わたしを見るなり小屋のなかへさっと駆け込み、またあらわれたときは、柄杓を手にした鼻のない女の前垂れをぎゅっと握っていた。わたしは女に会釈した。女は口を大きく開けて、口のなかを指差した。わたしは首を横に振った。女の喉からしわがれた音が出た。女が近づいてきた。わたしは踵《きびす》を返して去った。クラーヴェルの気配はどこにもなかった。わたしはタンブール兄弟のいる小屋へ戻り、いわれなき羞恥心を克服してなかへ入った。相変わらず少年たちは眠っていて、少女はまだ目を覚ましていた。じっと彼女をにらみつけたが、彼女が大声をあげてわたしを困らせないとも限らなかった。少女が微笑み返してきたのはおそらく誘いをかける笑みだったのだろうが、わたしが自分の下僕やその好色な小娘と寝床をともにすると思うほど少女が初心《うぶ》だとは思えなかった。だからそれを無視して、忍び足で小屋の奥へ入った。隣に寝ていたのはプラーチェだ。心配性で怖がりだとわたしが思っていた性格とは裏腹に彼の顔も穏やかだった。その隣に寝ているのが探していたクラーヴェルだ。両腕を女の腰にしっかりまわして寝入っていた。ほおのこけた、髪から脂肪の悪臭を放つ山塊のような女だ。その女のかたわらに身をすり寄せるようにしているのは五歳ほどの子供だった。わたしは爪を立ててクラーヴェルの肩をつかみ、その耳にささやいた。彼のまぶたが緊張でぴくりと動き、その身体が、トカゲの糞に擬態するしか防御法のない昆虫のように縮みあがった。「クラーヴェル!」というわたしのささやきが彼の耳に轟音のように届いたのだ。はっきり意識が戻って開いた目は、斜めに長い一瞥をわたしにくれながら、女の汚らしい首筋を凝視して石のように動かなかった。何週間も感じられなかった歓喜がわたしの血管をほとばしるように駆け抜けた。「クラーヴェル!」とささやくわたしの声のなかに、彼はきっと笑いを聞き取ったにちがいない。「おれの朝飯はどこだ？　朝飯が食いたい」

彼はわたしを見ようとせず、話そうともしなかったが、たぶん脇の下に汗が滲みはじめていたはずだ。彼の尻を突いた。「立て、おまえに話しているんだ！　おれの朝飯はどこだ？」

ため息をつきながら彼は女を放し、寝床に膝をついて自分の服を手探りする姿は、灰色の長いペニスをだらりと垂らした、しょぼくれた老人だった。

「旦那さま！　失礼ですが、旦那さま！」しゃべっているのはプラーチェだ。プラーチェが仰向けに寝たまま片手を頭の下にして、わたしに向かって話していた。「このまま寝かせておいてくださいよ」その目はわたしの目に注がれていた。わたしは口元を引き結び、やつがむかしから知っていて恐れているはずの表情を作ったが、やつはたじろがなかった。ホッテントットの笑みを浮かべている。ほかにだれが目を覚まして聞いていたかは知らないが、わたしはプラーチェから目を離すことができなかった。「疲れてるんです、遅く寝たんです、眠りたいんです。寝かせておいてください」長い沈黙。「もしも旦那さまが朝飯を食べたいならご自分であんばいなさってください」わたしは一歩彼のほうへ踏み出した。二歩目を踏み出していたら蹴りつけていただろう。むかしなら、その蹴りがあごの骨に命中して、やつの首の腱という腱をねじきり、首の骨もへし折っていたところだ。ところがわたしが最初の一歩を踏み出すや、やつは毛布の端をさっとめくったのだ。腿のそばに静かに置かれた手にはナイフが握られていた。もう気づかないふりはできなかった。この次だ、わたしは秘かにいった、この次こそ。

「旦那さまは病人ですから」プラーチェはさらにいいつのった。「旦那さまは横になって力を取り戻さなければいけません。あとで起きたら、旦那さまになにか持っていきますから。旦那さまは川の向こうに住んでますよね、ちがいますか？」

「来い！」わたしはクラーヴェルにそういって、小屋の外へ出た。

「旦那さまはおれたちになにを持ってこいと？」プラーチェが大声をあげた。「女のケツか？」小屋のなかでいっせいにひやかしの歓声があがり、それに負けじとプラーチェが大声でいった。「たぶん、上等な若い女のケツを持っていきますよ！」眠りこけた村から出ていくわたしの背中に、口汚いひやかしが幾度も突風となって吹きつけた。

わたしが自分の小屋で待っているとクラーヴェルがやってきた。そうなることはわかっていた。隷従の習慣はそうやすやすと断ち切れないのだ。卑屈な態度で彼はプラーチェのことをあやまった。あいつは自分でなにをしているのかわかっていないんです、見栄を張っているだけで、まだガキなんです、図に乗って、酒の飲みすぎです、ここの人たちにそそのかされて悪い癖がついて、などなど。彼はビスケットを持ってきた。わたしのビスケット容器から出したビスケットだ。ホッテントットはこれを祝宴のあいだにちょっとかじってみたのだ。文明的な食べ物がわたしにはありがたかった。「あのご婦人はだれかな？」とわたしは訊ねた。「おまえはあの手のことにはもう歳をとりすぎているだろ、クラーヴェル」気まずさを追い払うには、ちょっとしたユーモアにまさるものはない。クラーヴェルは従来の自分のなかにするりと戻り、にやにやしながら足をもぞもぞさせていた。彼には疑わしいところは皆無だ。「クラーヴェル、出発するぞ」とわたしはいった。

「はい、旦那さま」

　いくつか準備をしなければならず、とくに欠かせない準備がひとつあった。わたしは馬に乗ることができなかった。歩かざるをえなくなっても、現在の体調では歩くこともままならなかった。出来物を切開しなければならない。そこで使い勝手のいいクラーヴェルの布切れをポケットに入れてぶらぶらと川の上流へ向かって歩き、野営地から隠れる茂みまで行った。それからズボンを脱いで、岩で頭を支えながら背中を少しだけつけて横になり、膝を立てて尻を浮かせてわたしの燃える宝石を濡れた羊皮で心してぬぐった。自分で患部を見られないのが焦れったかった。どれくらい大きいのか？　目で見なければ正確なところがわからない。指先だけでは指そのものの感覚と触れられる皮膚の感覚の区別がつかないからで、あるときは吹き出物のまわりに痛みが段階的に広がっているだけと感じられたし、またあるときは膿の小山の先端にさらに敏感な小山があるように感じられた。

　両手親指を曲げた突起部で膿の小山をはさみ、一気に押しつぶす準備態勢に入った。次第に力を加えながら押した。多少は姿勢を斟酌したが、いまを盛りの大の男のもてる威力をすべて発揮して、痛みの頂点が次々と訪れるのをものともせずに、どうせ失敗するんだからとなぐさめる最初のささやきを無視して、押した。「食事療法だよ」とささやく声はいった。わたしは力を抜いた。押しつぶされたところが反逆を知らせる警鐘を鳴らしていた。わたしは自分の身を分けた出来物の頑固さへの誇りと、しばしでいいから、心臓よ止まってくれ、という祈りのあいだで気持ちが引き裂かれた。顔に冷たい汗が浮いてきた。腹がまたしても下痢になりそうだ。這いつくばって起きあがり、川の流れにしゃがみ込んだ。発作的に排泄される黄色い汁が下流に流れていった。尻を洗ってふたたび挑戦する準備に入った。

　わたしの奮闘努力のおかげで皮膚が弱くなっていたにちがいない。すぐに、まったくもって驚いたことに――わたしの耳に、いや、耳に届かなかったにしろ、耳の鼓膜には達したのだ――出来物がつぶれて、指に一瞬ほとばしり、やがてじわじわと生温かい汁が滲み出るのが感じられた。身体の力みが取れて、右手で瘻《ろう》から膿を絞り出しながら、左手を持ちあげて顔の感覚器官へ近づけ、じっくりと臭いを嗅いだり精査したりする余裕さえあった。これこそ地獄に堕ちた者の喜びにちがいない。

　邪魔が入ったのはその前奏曲ならぬ後奏曲のあいだで、わたしが尻を流水に浸してその冷たさを楽しんでいるときだった。ガキどもが、見慣れぬ者を取り囲み嘲笑する好機を絶対に見逃さないあの忌まわしいガキどもが、きゃあきゃあいいながら、それまでわたしのようすを盗み見るため隠れていた下草の陰から走り出てきて、岸に置いてあったわたしの服をひったくったのだ。不意に牧歌的気分から引きずり出されたわたしが、水のなかで両脚をふんばり恥じ入りながら立ち尽くすあいだ、やつらはわたしのズボンを振りまわし、取り戻せるものならやってみろとけしかけながら行きつ戻りつ浮かれ騒いで跳ねまわった。

もしもやつらの算段が、驚愕と屈辱がわたしを無力にするというものだったら、自分は足から棘を抜かずに走れるのに、よろよろと追いかけてくるやつは血だらけの尻に毛むくじゃらの脚をして、苦笑いしながらおどけ声をかけてくるだろうと、そんな朝っぱらのちょっとしたお遊びのつもりだったら、それはやつらの計算ちがいだった。わたしはライオンのように咆哮し、アフロディテさながら水しぶきをあげてやつらに襲いかかった。逃げるガキどもの背中の皮膚と肉を爪で引っかき、ミミズ腫れを作ってやった。太い拳骨を見舞って一人を地面に叩きつけてやった。全能神イェホヴァとなったわたしはそいつの背中にのしかかると、小さな遊び仲間たちが茂みのなかに四散して再結集するあいだに、やつの顔を石にこすりつけ、ひねりあげて立たせては蹴り倒し（爪先を痛めないよう足指の付け根で）、ひねりあげて立たせては蹴り倒すことをくりかえし、しばらくは思いつくかぎりの汚いホッテントット語で悪態をつきながら、戻ってきて男らしくたたかえ、とやつの仲間を挑発した。これが浅薄だった。最初に一人、それから全員が戻ってきてしまったのだ。やつらはわたしの背中に絡みつき、腕と脚を引っぱり、ついにわたしを地面に倒した。わたしは怒り狂って叫び、歯をがきりと嚙み合わせて力まかせに立ちあがると、口のなかに髪の毛と人間の耳が入っていた。しばらくは勝ち誇った気分だった。すると肩口に棒らしきものが激突して、腕の感覚が麻痺した。わたしはまた地面に倒れ込んだ。巨大な甲虫のように仰向けになって、膝蹴り足蹴りをかわしながら脆弱な腹部を守った。入り乱れる四肢のあいまから、わたしを突いたものがちらりと見えた。新参者が握る棒だ、大の男だ、そいつが乱闘者たちの周囲をまわりながら、再度一発見舞おうとしている。さらに加勢する者がやってきていた。わたしの負けだ。生き延びること、それしかなかった。

屈辱的な扱いを受けた。引っぱり起こされて投げ倒され、次から次に殴られて、土埃と砂利をあびせられた。抵抗はいっさいしなかったので、彼らの怒りは冷静な悪意に変わった。彼らは徹底的に相手の面目を潰す決意でいた。わたしは絶対に自分の身を守る決意でいた。名誉という信条に無知であったり軽視する相手にとって、この意図は相容れないものではなかった。われわれは両者ともに満足することができたのだ。

人の輪のなかに汚らしいまる裸で膝をつき、わたしは両手に顔を埋めて、自分が何者であるかを思い出して嗚咽をこらえた。子供が二人わたしの横を走り抜けた。彼らが端を握ったロープが両肘の下から両脇の下に食い込み、わたしを仰向けに倒した。顔を守るために身体をまるめた。長い静止、ささやき、笑い。複数の身体がのしかかってきて息を詰まらせたわたしは地面に組み伏せられた。蟻だ。巣を侵されて、怒り戸惑う蟻が、小さな針を大鎌のように構えて、その体を酸液でいっぱいにしてわたしの広げた尻のあいだに、敏感な肛門に、血と膿が滲み出る薔薇の花に、気高くも重荷に耐える睾丸に襲いかかった。痛みと恥でわたしは金切り声をあげた。「家《うち》に帰してくれ！」と叫んだ。「家《うち》に帰してくれ、家《うち》に帰りたい、家《うち》に帰りたいんだ！」哀れにもこれまで用いたことのない会陰の筋肉まで必死でひくつかせたが、なんの成果も得られなかった。

俗界を捨てたくなるような絶望が襲ってきた。だれかが頭の上に座っているため身動きがとれず、あごさえ動かせなかった。痛みは取るに足りないものになった。ふと、わたしが窒息死してもこいつらは気にもとめないだろう、という考えが頭に浮かんだ。こんな苦しめ方はやりすぎだ。まちがいなくこんな苦しめ方はやりすぎだ、まちがいなくだれにだってわかる。だが彼らは邪悪な心でそうしているわけではない。「退屈なんだ」とわたしは自分に言い聞かせた。「やつらの生活があまりにすさまじくからっぽなせいだ」それから「犯罪者によって感知されないことこそがそいつの犯罪なんだ。わたしはやつらにとっては屁でもない。ひとつのきっかけにすぎない」怒りを超え、痛みも恐怖も超えて、わたしは自分の内側に引きこもり、その氷のような胎内で損失と利益を勘定した。

わたしが噛みちぎった耳のことは忘れられていなかった。「行け。出ていけ。これ以上おまえを保護するわけにはいかない」

「望むところだ。出ていく」

「おまえには子供がいないのか？　子供と遊ぶすべを知らないのか？　この子を耳なしにしてしまったじゃないか！」

「わたしのせいじゃない」

「なにをぬかすか、おまえのせいだ！　気が狂ってるな、ここに留めおくわけにはいかんぞ。もう病人でもない。出ていけ！」

「望むところだ。しかしわたしの持ち物を返してもらわなければならない。わたしの持ち物だ」

「おまえの持ち物だ?」

「わたしの牛。わたしの馬。わたしの銃。わたしの部下。わたしの牛車。そこに積んであった物品。わたしの牛車がどこにあるか教えてもらおうか」

部下たちに向かってわたしはことばを発した。クラーヴェル、プラーチェ、アドニス、タンブール兄弟だ。

「さあ出発だ。われわれはまた自力でやっていく。文明へ帰還する道を見つけねばならない。楽な旅ではないだろう。われわれにはなにもない、牛車も、牛も、馬も、銃もなく、あるのは背に負える荷物だけだ。なにもかも盗まれてしまった。われわれがいっしょに暮らしていたのがどんなやつらか、わかるだろ。やつらを信用したとは無知がすぎるぞ。

持ち物をまとめろ。食い物をできるかぎりたくさん集めろ。とくに牛車に積んであった、われわれの口に合う食い物を、残っていればだが。水を入れる革袋も集めろ。だが重いものはだめだ。数百マイルを歩かねばならない、わたしは病人で歩くのも難儀だから、荷物は持てない。ブッシュマンのようにフェルトから食い物を得て生きていかねばならん」

アドニスが口汚く罵った。わたしは一歩前へ出てやつの顔をひっぱたいた。酩酊していてその手をかわすことができなかった彼は、前へ突っ込んできてわたしの肩をつかんだ。振り払おうとしたが手を放そうとしない。やつの顔がわたしの胸に押し当てられていた。まちがいなくよだれを垂らしている。まるまったその背中の向こうにぼんやりと見えたのはプラーチェだ、いまでは思ったことをはっきり口にするプラーチェ。プラーチェが口汚い罵りをくりかえした。彼とまっすぐ向き合うべきだと判断したわたしは、両手を両脇に垂らしたままアドニスを無視した。「旦那さんが行けばいい」とプラーチェがいった。「旦那さんと、旦那さんに飼いならされたホットノットが。おれたちはさよならする、旦那さん、さよなら、がんばれ。ただし、旦那さんよ、次にだれを殴るかは気をつけたほうがいいな」人差し指で彼はわたしのあごの下を軽くたたいた。「気をつけてな、旦那さん、な?」

次はただじゃすまんぞ、ホットノットめ、この次は。

というわけでクラーヴェルとわたしだけになった。

「おまえはわたしのいったことが聞こえたな、行ってわれわれの持ち物をまとめろ。長々と待ったりはしないぞ」

「はい、旦那さま」

彼はなかなか戻ってこなかった。善良で忠実な古くから馴染みのクラーヴェル。良き召使ではあるが切れ者ではなかった。彼らからなかなか食物を絞り取ることができなかったのだ。わたしは鳥がさえずり、蟬が鳴き、遠くで赤ん坊がぐずるのを聞いていた。みんながじっとわたしを見ている、暇をもてあましているのだ。わたしは両手を背中にまわして楽な姿勢で立ち、彼らには頓着しなかった。おまえたちのなかに身を置いてはいるが、わたしはおまえたちの仲間ではない。穏やかながら気分は浮き立っていた。出発するんだ。しくじったわけではない、死んではいないのだから、わたしは勝ったのだ。

巻いた毛布と食い物を持ってクラーヴェルが戻ってきた。採集用の小袋に入ったビスケットと干し肉、革の水袋ではなく紐のついたひょうたんをふたつ持ってきた。女たちが使うやつで、歩くたびにぶつかりあってぼこぼこと、ばかばかしい音をたてた。「革の水袋と取り替えてこい」とわたしは命じた。「こんなものは使えん」「革袋は渡してくれそうにありません、旦那さま」「われわれの革袋はどうした?」「返してくれないんです、旦那さま」

「ナイフはあるか?」「はい」「おれによこせ」われわれはナイフ一本と火打ち石一個だけ持って、荒野へくり出していこうというのだ。わたしはにやりとなった。

出発してレーウウェン川の南東をめざした。大見栄を切ったわたしが意気揚々と先を行き、その後ろにがたがたと音をたてながらクラーヴェルが続いた。別れの挨拶をする者はいなかったが、大勢の見物人はいた。以前ならわれわれのそばを後になり先になり走りまわった子供たちも用心深くなっていた。やつらに思い知らせてやったのだ。四人の裏切り者もわれわれを見ていた、恥知らずめ。野生のホッテントットといっしょに、いったいどんな生活が送れると思っているんだ。

レーウウェン川には翌日ついた。自家までの有限数の距離をじわじわと浸食していくことには抽象的な喜びがあった。だからぎこちなく股を開いた歩き方ながら、わたしは上機嫌だった。前へ進むのがひどく困難なところでは、クラーヴェルに背負ってくれというと、彼は文句もいわずにわたしを背負い、いっときにかなりの距離を踏破した。快い便通があった。身を寄せ合って眠り、寒さをしのいだ。

レーウウェン川のほとりに数日とどまり、南へ向かう旅のために体力を回復させた。食料は底をついたが、根っこやひな鳥でなんとかしのいだ。ひな鳥は泥にくるんで焼き、いっときに十数羽をまるごと骨まで食べた。木の根の珈琲《ヴィットハットコフィ》を作って淹れ、美味いと思って飲んだ。わたしは自分で柳の木を切り、弓を作り、矢の先端を毒球根《ギフトボル》に浸して、午前中は水を飲みにくる動物たちを待ち伏せした。わたしは矢を一頭のレイヨウに命中させて、クラーヴェルが終日追いかけたが捕獲できなかった。さらに一頭に命中させ、これは捕獲した。塩がないので肉を保存できなかった。そこで無駄にするよりはと貪り喰った。われわれはブッシュマンのように生きていた。わたしは自分の靴を修理した。

川下に向かってゆっくりと進んだ。わたしの尻は治ってきたし、春のあいだなら、まちがいなく弓矢で生き延びることができると思った。

不要なものはわたしがどんどん捨てていった。

大きな川の浅瀬に着いた。川は春一番の雨で増水していた。川岸で二日間野営したが水はいっこうに減らなかった。そこでわたしは川を渡る決心をした。

二人の身体を紐で、できるだけしっかりと縛った。浅瀬は幅が四分の一マイル、水流は速く浅瀬いっぱいに広がっていたが、深さはせいぜい胸の高さだ。一歩一歩ゆっくりと進んだ。すると、杖で川底を探りながら先を行くクラーヴェルが、どういうわけかカバの穴を見落として足場を失った。あっというまに激流が二人を束ねていた紐の結び目をぷっつり切って、クラーヴェルを浅瀬から深みへと押し流した。ぞっとしながら、忠実な召使である旅の道連れが、もがき、助けてくれ、と途切れ途切れに叫んで下流へ流されていくのを目の当たりにしながら、わたしにはそれに応えてやる力がなく、いまだかつて声を荒らげるのを聞いたことのなかった彼は、やがて蛇行する川の彼方へ消えて、巻いた毛布と食物をすべて背負って死へと向かった。

川を渡るのにゆうに一時間はかかった。というのもわれわれは一歩踏み出すごとに、前もって、カバの穴に滑り込んで足をさらわれないよう川底を慎重に探らねばならなかったからだ。だが、ずぶ濡れになり、寒さに震えながらも、ついに南側の岸へとたどり着き、慎重に火を熾して衣服と毛布を乾かした。午後も遅かった。微風ながら油断できない風が起きていた。病気ほど怖いものはなかったので、わたしは念入りに跳びはねて関節が冷えないようにした。ところがクラーヴェルときたら、われわれの服を広げたまま焚き火の前でむっつりとしゃがみ込み、裸の身体を抱きしめるようにして肌を火で炙っていた。この過ちのせいで、おまけに濡れた衣服をそのまま着たせいで、彼は病気になったのだとわたしは考える。その夜、彼は身体の芯が冷えてしまい、ぶるぶる震えながら身を寄せてきた。朝には熱が出ていて食欲もなかった。薬草の知識を持ち合わせていないわたしは、熱いお湯をたっぷり飲ませて毛布でくるんでやった。だが焚き火では身体の芯まで温めることはできず、夜はまた一晩じゅうぶるぶると震えていた。たっぷりと露まで降りて、あたりは湿気を帯びていた。クラーヴェルは激しく、絶え間なく咳き込んだ。その目に忠誠心が欠片も見られないのにはがっかりした。もしもわたしを信頼していたなら、あるいは具体的になにかを信じていたなら、きっと回復していたはずだ。しかし根っからの奴隷根性のせいか、日々の生活で食らう殴打からはしぶとく立ちなおるくせに、災厄には脆かった。

大きな川の谷間で湿気の多い夜々をすごせばクラーヴェルは衰弱するばかりだとわたしは判断した。そこで、彼の体力が尽きてしまう前に、諦めきっている彼に活を入れて、南方へ向かう急斜面を登るよう急かせた。われわれは頻繁に立ち止まりながらようやく半分ほど登った。そこでクラーヴェルが激しく咳き込んでがっくり膝をついた。一時間ほど休ませてから、栄養をつけなければだめだと彼に言い聞かせようとした。この小休止がいまひとつの過ちだった。というのは彼の筋肉が強張って、痛くて動かせなくなったからだ。丘の斜面に小さな洞穴を見つけてそこに落ち着かせ、入口で火を熾して夜風に備えたが、すでにわれわれは風に吹きさらされていた。わたしは外で寝て火の番をした。朝になるとクラーヴェルの身体は麻痺していた。わたしの命令はおぼろげに理解できるようだったが、その実行はおろか応答さえおぼつかなかった。口からゆっくりと、重たい語音が漏れた。引っぱり起こしたが崩れ落ちた。「クラーヴェル、おまえな」とわたしはいった。「病状は思わしくないが、心配はいらないぞ。見捨てはしないから」朝のうちに食べ物を探したがなにも見つからなかった。戻ってみると彼は意識がかなりはっきりしていて、前より強い調子でいった。「行きましょう、旦那さま、わたしは歩けます」嗚呼、しかし親切なホッテントットが担架を担いであらわれることはなかった。暑い午後いっぱいかけて、ゆっくりと登った。太陽の熱が消えかかるころ頂上に達すると、見晴るかす、はてしない赤い岩の砂漠が続いていた。クラーヴェルはいった。「もうだめです、旦那さま。わたしにはもう無理です、一人で行ってください」とクラーヴェル、これは記録の価値ありだ。「クラーヴェル、おれたちは現実的にならなければいけない」とわたし。「ここにいれば二人とも死んでしまう。がしかし、もしおれ一人でできるだけ急いで行って、カミスの山から馬で戻ってくるなら、おまえを助けられる、たぶん一週間もかからない。行こうか？　どうだ？」「はい、旦那さま、行ってください、わたしはだいじょうぶです」「今夜はずっとおまえを見ていてやるからな、ヤン、朝になったら食い物を採集できるだろうし。水は残していく」かくしてわれわれの話はついた。彼にとって必要なことはすべてやった。ちょっとした風よけを作り、薪を集め、これは食べられるとわたしが識別できたものはなんでも集めた。「さようなら、旦那さま」と彼はいって、泣いた。わたしの目にも涙が滲んだ。とぼとぼとわたしは歩み去った。彼が手を振った。

一人になった。記録すべきクラーヴェルはいなかった。母親が死んだばかりの青年のようにわたしは有頂天だった。さあ、これで自由に砂漠世界の一員になれる。わたしは裏声をあげてヨーデルを歌い、唸り、しゅっと鋭い口音をたて、大声で吠え、叫び、くくっと笑い、口笛を吹いた。わたしは踊り、足を踏み鳴らし、腹ばいになり、くるくるとスピンした。大地に座り込み、大地に唾を吐き、蹴りつけ、抱きしめ、爪で引っかいた。監視され聞き耳を立てられた七十日から解放されて狂喜する、弓矢で武装した象狩人を、世界と結合させられそうなありとあらゆる連結行為《コピュラ》が実行された。

ホッテントット、ホッテントット、
おれはホッテントットなんかじゃない。

この歌がナマ語よりもオランダ語で歌うほうが小気味よく聞こえたのは、ナマ語がまだ語尾変化の全盛期にあったからだ。わたしは地面に孔を穿って鞘を作った。歓喜と笑いのせいでわたしがだらりと垂れた四インチになってやむなく放尿へ向かわなければ、そのまま原行為《ウル・アクト》にふけったことだろう。「神よ」とわたしは叫んだ。「神よ、神よ、神よ、なにゆえあなたはこれほどわたしを愛してくれるのですか?」わたしは泡を吹き、涎《よだれ》を垂らした。雷鳴も稲妻も起きなかった。笑っているうちに頭蓋骨を締めつける筋肉が痛くなった。「わたしもまた、神よ、あなたを愛します。なにもかも愛します。石も、砂も、茂みも、空も、クラーヴェルも、ほかのやつらも、どんな虫けらも、蠅一匹にいたるまで。しかし、神よ、彼らにわたしを愛させないでください。共犯者は好きではないのです、神よ、わたしは一人でいたい」こういうことが口を突いて出るのを耳にするのは気分がよかった。

だが石こそが、ひどく内向的で、ひたすら沈黙する存在であろうとする石こそが、最終的には自分のお気に入りなのだと心に決めた。

　衣服を脱ぎ捨てて毛布にくるまった。両足が擦れ合って恍惚となり、太腿は愛人たちのようにならんで横たわり、両腕が胸を抱きしめた。天の奇跡に想いを馳せて夢のなかに滑り込むと、温かく芳ばしい乳が滝となって空から、わたしの渇き切った喉にゆっくりと流れ落ちた。


　一匹の小さな黒い甲虫がいる。水辺で見かけるやつだが、ずっとわたしのお気に入りだ。大きな石の下に棲みついていて、石を持ちあげるとちょこちょこと逃げ出す。逃げ道を塞ぐと別の道を行こうとする。逃げ道をすべて塞ぐか、そいつをつまみあげると、脚を体の内側に引っ込めて死んだふりをする。どんな策略をしかけても虫はこの偽装を解かない。だから、強い恐怖ゆえに虫は死ぬという言い伝えがある。一本ずつ足を引き抜いてもぴくりともしない。小さな昆虫がぶるっと震えるのは頭部を体から引き離したときだけで、これはもちろん不随意的なものだ。

　最後の瞬間にその虫の心になにがよぎるのだろう？　あるいは虫には心などないかもしれない、それとも虫の心が外へ向けられてちょっとした動作になるのだろうか、ちょうど祈るカマキリ《ホットノッツホット》といわれるように。しかしながら正式には、虫はゼノンの真の創造物なのだ。

「いまわたしは半分だけ死んでいる。いまわたしは四分の三だけ死んでいる。いまわたしは八分の七だけ死んでいる。探りを入れるおまえの指先を前にして、わたしの生命の秘密は無限に後退する。おまえとわたしは永遠に分数比を分け合いながら時をすごすことができる。もしもわたしが長く持ちこたえたなら、おまえは立ち去ることになる。いまわたしは十六分の十五だけ死んでいる」

ホッテントットに囚われていたあいだも、わたしはゼノンの甲虫のことを忘れなかった。脚を自分は失うと覚悟した。隠喩的な脚のことだが、ほかにもいろいろ失う覚悟をしたのだ。わたしの自己という迷宮のいちばん奥の暗い小路に身を隠して、防御の砦を次々と放棄していった。ホッテントットの暴行には失望した。あれはわたしの羞恥心を直撃する、考え抜かれた攻撃だった。しかしあれは、わたしの消化管の内壁と連続するわたしの外部によってもまた迷宮を分かち合う身体のなかでは、最初から挫折しっぱなしだった。雄の身体には内部空間などない。透視／侵入／貫通の行為についてホッテントットはまったくの無知だった。透視／侵入／貫通の行為のためには碧眼が必要なのだ。

けらけらと笑う異教徒から辱めを受けたいま、わたしはどのように新たな知識を得た目で自分を見ることになるのか。以前より自分のことがよくわかるのだろうか？　わたしの前腕と首のまわりの荒れた赤褐色の皮膚には、荒野の侵略者であり象殺しであったわたし自身と、ホッテントットの忍耐強い犠牲《いけにえ》だったわたし自身の境界を示す筋がいくつもついている。わたしは自分の白い肩を抱きしめた。自分の白い尻を撫でさすり、鏡があればいいのにと思った。たぶん水たまりを見つけることができるだろう。底が暗色の小さな透明な水たまりだ。その水のなかに立ち、構図を変えつづける雲に縁取られて、他者がわたしを見てきた目で自分を見る、そうすればついに、指がさんざん教えてくれた腫れ物を、自分で力まかせにつけた傷跡を、ようやく目にすることになるかもしれない。

わたしはホッテントットをめぐる冒険にこだわりつづけ、わたしの歴史のなかに彼らを位置づけようした。

彼らがわたしの内部へもっと深く入りそこねたのには落胆した。彼らはわたしのプライバシーを侵害した。わたしの財産に対するプライバシーから身体に対するプライバシーまですべて侵害した。彼らはわたしのなかに毒を注入した。とはいえ、わたしは自分が毒を盛られたと確信できるのか？ ひょっとして長いあいだ病気にかかっていたとか、ホッテントットの食物に不慣れだっただけではないのか？ もし彼らがわたしに毒を盛ったなら、内奥にまで浸透し、確実に効く、教育上の毒を、万人におのれの肉をという原理に則って使ったのか、それとも毒について昏《くら》いせいでわたしに盛った毒の量が少なかったか？ だが野蛮人が裏切りについて、毒について昏いなんてことがあるだろうか？ しかし彼らは、あのナマクワのホッテントットは、はたして真の野蛮人だったのか？ なぜ彼らはわたしを介護した？ なぜ彼らはわたしを解放した？ なぜわたしを殺さなかった？ なぜ彼らの拷問の手段は体系もなく熱狂すら欠いていたのか？ わたしが気まぐれにあびた注目は侮蔑の証しと理解すべきだったのか？ わたし個人が彼らを興奮させるほどのものではなかったのか？ ほかの犠牲《いけにえ》なら彼らを興奮させて真の野蛮状態へ駆り立てたのか？ この脈絡において真の野蛮とはなんだったのか？　野蛮とは人命の尊厳に対する蔑みと、他者の苦痛に対する官能的喜びにもとづいた生き方だ。彼らのわたしへの処遇のなかに、生命を蔑んだり苦痛を喜んだというどんな証拠を指摘できる？　そもそも彼らが一貫した生き方をしていたというどんな証拠があるのか？　彼らに混じって暮らしたが、いかなる政府も、法律も、宗教も、芸術も目にすることはなかった。せいぜい卑猥な歌を歌って卑猥なダンスを踊るだけだった。わたしの牛車に積んだガラクタに対する欲深さをのぞけば、彼らは首尾一貫した属性をもたず、あるのは怠惰と肉への嗜好だけだったではないか？　なにもかも剝ぎ取られてしまったわたしは、彼らにとってどうでもいい存在だったのではないのか？　生命が偶発的な出来事の連続である彼らにとって、わたしもまた偶発的な出来事のひとつにすぎなかったのか？　わたしのことをもっと真剣に受けとめさせるために、ほかに手立てはなかったのか？

居心地よくさなぎのようにくるまった毛布から、わたしは太陽に向かって腕を伸ばした。皮膚と空気がおなじ温度になる午前中のあの瞬間が近づいていた。わたしはするりと抜け出して翼を広げた。しばし、外界との境界が曖昧になる快楽に浸った。爪先が砂の感触を楽しんでいた。数歩歩いてみたが、石はやっぱり石のままだ。靴を履かずにはいられなかった。ナマクワ人は真の野蛮人ではない、とわたしは結論づけた。わたしでさえ野蛮状態のことは彼らより知っている。彼らのことなど念頭から追い払っていいのだ。出発する時間だ。靴と壮観な男らしさだけを身にまとい、衣服は束ねて背中に背負い、南をめざしてゆっくりと歩いていった。

やらねばならぬ仕事があった。家まで帰る道を見つけること、これはなかなかの難題だが、いつだって物事の明るい面を見てきたわたしとしては、これをゲームか競技と見なすほうが好ましかった。仕事となるといつだって憂鬱な感じがつきまとうもので、仕事には仕事を命ずる者がいて、仕事を命ずる者の理解不能な意志が働く。ゲームなら、わたしのゲームなら、どうでもいい宇宙を相手に自分で勝手にルールを作りながらやれる。この視点から見ればホッテントットにわたしが追放されたのは競技のためのきっかけにすぎず、その競技では、原始的な装備で三百マイルの藪を踏破することが義務づけられていた。まったくおなじきっかけがまた別の折には、わたし自身とわたしを取り巻く宇宙とのあいだでたたかわれるまったく異なる競技に道を開くかもしれず、そこでわたしに義務づけられるのは遠征隊を動員して、意気揚々と戻っていき、わたしから物品を略奪した者を罰し、自分の財産を取り戻す、ということになるかもしれない。考えられる第三のゲームの構想では、探検の旅の途中で見知らぬホッテントットの手に落ち、虐待、不名誉、裏切り、追放を生き延びることになるかもしれない。第四のゲームでは、激しい飢えと渇きに苦しめられて、ついに荊《いばら》の藪陰で身をまるめて死ぬはめになるかもしれない。

どのゲームでも試されるのは歴史の負荷に耐えることであり、わたしが生き延びれば勝利はわたしのものだ。第四のゲームがもっとも興味深かった。ゼノンの法則に従うゲームで、そこでは無限に小さくなるわたし自身の断片だけが生き延び、ちっぽけな「わたし」

の架空の響きが永遠の虚空にささやきかけてこだまする。現時点でのわたしの計画は具体的には家に帰ることだが、単調に陥る危険をはらんでいた。装備も十分な象の狩人から皮膚の白いブッシュマンへの退化はたいしたことではない。失ったものは失ったもの、取り返しのつかない損失であろうと、それは当面のものだ。皮膚など白くてかまわない。あの三百マイルを思って愕然とするのは、そのおなじ道を、かつての足跡を、見慣れた光景をたどりなおすことなのだ。すでに語られてしまった話をきまじめに言い換えることができるなら、できるだけ短時間で、さえない、まともな農場主の生活へ戻れるか、それとも、決心がぐらついて、退屈のあまり新しい道へ足を踏み出し、新生活にはまり込んでしまうか、となると、それはおぼろげに頭に浮かぶ白いブッシュマンの生活ということか？　気をつけなければ。規則のない生活では、わたしは暴発して宇宙の彼方へ四散してしまうとだってあるのだ。根気強く、わたしは一歩一歩前へ進んだ。さえた頭を維持するために、思いつくかぎりの分数計算をした。いつもながら数が大きければ大きいほどよかった。たとえば三百マイルは何歩にあたるか、一カ月は何秒にあたるか。狩猟探検にもくり出してみた。辛抱強い弓の射手として風下となる藪陰にしゃがんだり、血痕をたどって小走りに駆けるというようなことだ。蛇が木の枝から身を低く垂らして、わたしのほおを軽く突いた。枝分かれした鋭い角をもつレイヨウが、その気質に反して、くるりと向きを変えてわたしに向かってきた。だが、そんな物語を思いついても、せっせと割合を計算してみても、逃れられない摂理は無視できなかった。わたしは飢えと渇きに時間を費やしたのだ。それは砂漠の旅人にさらに課されたふたつの任務だった。しかしわたしは斬新なものが無性に欲しかった。以前の太った身体からすれば嘘のように痩せた身でとぼとぼと歩きつづけ、こつこつと飲食物を探しながら何マイルも踏破し、獣の死骸から取った脂を皮膚に塗って陽光を防ぐと、太陽はご機嫌を取るようにわたしをピンクや赤色にはしたが褐色にすることはなかった。

入植地の境界でようやくわたしは生き返った。扱いやすく、図体のでかい肉牛が草地のあちこちに点在するのを久々に目にして、新たな生命がわたしの心臓に流れ込んだ。狩人の抜け目のなさで、はぐれた牛に忍び寄ってナイフで刺した。それから丈高い草の陰に身を隠し、牛飼いの太腿にぴしりと一本矢を放った。鬨《とき》の声をあげ石を投げると、牛の群れがどっと駆け出した。血に飢えた無法の一日、わたしは貪り尽くす飽食にふけったが、この物語だけでまた別の本ができそうだ。入植者の財産を襲撃したことでわたしはふたたび男としての面目を取り戻すことができたが、その結果は何人かの運の悪いブッシュマンの頭上に見舞うことになった。

一七六〇年十月十二日の夜、わたしは自分の土地を示す標識に到達した。だれにも見られずに衣服を着込み、弓矢を埋めた。竜巻に乗ってあらわれる神のように、わたしは一匹の仔羊に襲いかかり、喉を切り裂いた。自分の主人を見たことがなく、その夜もぐっすり眠ろうと思っていただけの無垢で小さなやつだった。台所の窓には温かい家庭的な光が灯っていた。わたしを出迎える忠実な猟犬は一匹もいなかった。わたしの好物の肝臓を一切れ握り、ドアを思い切り押し開けた。わたしは帰ってきたのだ。

大ナマクワへの第二の旅

［ヘンドリック・ホプ大尉の遠征、一七六一年八月十六日から一七六二年四月二十七日］

われわれが野営地を襲ったのは夜明けだ。それは古典的な戦記物の著者が推薦する時刻で、朝焼けの空には筋なす赤光が射して、荒れ狂う午後を予告していた。あたりには一人の少女、頭上に水瓶をのせて水場へ向かう美しい子供がいるだけだったが、姿の見えない者たちの声が静かな大気をかすかに揺すっていた。少女はわれわれの馬の足音を聞きつけて顔をあげ、泣き出し、頭に水瓶をのせたまま走り出した。なかなかの離れ業だ。一発の銃弾が、わたしが常に賞賛してきた単純で感情をまじえない一撃が、少女の肩甲骨のあいだを射抜き、まるで馬が蹴りつけたような力で少女を地面に叩きつけた。地面に横たわる最初の鮮明な死は、慎《つつま》しくもこだまさえ欠いたまま、硬く清らかな大理石となってわたしの死にゆく脳髄からころがり出ることだろう。わたしはおまえの期待を裏切りはしない、美しき死よ、と誓って、わたしが馬を駆っていく先では最初の人影がいくつも、驚愕に目を見開いて小屋の入口からじっとこちらを見ていた。朝の空気のなかにまっすぐ立ちのぼる煙と、屍に向かって突進する最初の蠅どもを描き込めば、一幅の歴史画のできあがり。

われわれは川向こうの小屋も、中心となる野営地も、村にいる者を全員駆り出した。男も、女も、子供も、不具者も、盲人も、寝たきりの者も。四人の脱走者はまだ連中のところにいた。プラーチェ、アドニス、タンブール兄弟だ。わたしは彼らにうなずいて見せた。彼らはお辞儀をした。アドニスが「旦那さま」といった。みんな元気そうだ。わたしの盗まれた銃は奪回した。

四人の部下に、前に出ろと命じた。わたしの乗った馬の前にいくぶん畏縮して立つ彼らに、わたしは短い説教を垂れた。オランダ語を使って、ホッテントットにわたしの召使はおまえたちとはちがうのだと見せつけた。通訳はグリクワ人の一人にやらせた。

われわれは神に恵み深さをもとめたりはしない、神に決してわれわれを忘れないでほしいと祈るだけだ、とわたしはいった。はたして分配と処罰からなる偉大な秩序体系《システム》にわれわれは含まれているのかと一瞬でも疑念を抱く者は、われらが主は地に落ちる雀さえ見ておられることに救いを見出せばいい。雀は卑小だが忘れられてはいない。わたしは荒野を探検する者として常にみずからを福音の伝道者と見なし、異教徒たちに雀をめぐる福音をもたらそうと努めてきた。雀は落ちる、だが落ちるのは神のはからいによってなのだ。わたしは告げよう（とわたしは彼らに告げた）、この世には正義の行為と不正義の行為があり、すべては全体として脈絡をもった統一《エコノミー》体のなかで個々の場を占めている。信仰をもち、心安らかにあれ。雀のように、おまえたちは忘れられてはいないのだ。

そして彼らに死刑を宣告した。理想的な世界であれば、刑の執行は翌日の朝まで待つところだ。真昼の死刑執行には、薔薇色の夜明けに映える銃殺隊の痛烈さがない。しかしわたしはそこまでこだわらなかった。グリクワ兵に、彼らを連れていけと命じた。タンブール兄弟は抗うことなく去った。歴史の潮流にさらわれる、取るに足りないものたち。プラーチェはわたしを見たが、自分は死ぬとわかっていて、命乞いをして面倒を起こすこともなかった。ところがアドニスは、いずれやつを侮蔑する日が来るだろうとずっと思ってきたのだが、泣き叫んでわたしに取り入ろうとした。この懸命の努力をやつに自制させたのはグリクワばかりか、新たなホッテントット仲間たちの蹴りと殴打だった。ホッテントットたちが大声で「こいつは悪いやつだ、旦那！　連れてってくれ、旦那、こんなやつはいらん！」と叫んだ。アドニスはわたしの足元で喘ぎながら「わたしはただの哀れなホッテントットです、旦那さま、今度ばかりは見逃してください、旦那さま、父なる方、旦那さまにはなんでも差し出します、どうか、どうか、お願いだ！」落胆と嫌悪の念に襲われてわたしは脱力し、彼から離れた。何カ月ものあいだ、この日が来ればと心に抱きつづけ、天罰と死のことで頭をいっぱいにしてきたのだ。この日が来れば、わたしは嵐を呼ぶ黒雲のように戻っていって、地上のちっぽけな一画にわたしという正義の陰を投影させてやるのだと。ところが、この卑しむべき二心抱く烏合の衆はわたしに向かって、ここはもとよりこの大陸のどこであれわたしの権力に抗うものはなく、その力がおよぶ範囲は無限だなどとぬかす。わたしの失望は未分化な物質充満空間《プレナム》に対する失望だった。それは、とどのつまり存在を装った虚空にすぎない。

陽は高かったが、だれも温もりを感じなかった。馬たちは右へ左へ、さらに右へと、じりじりと動いた。聞こえるのは、わたしの念頭をひゅっとよぎるイメージの、冷たい口笛ばかり。なにもかも不十分だった。それら死体に刻印できるものは皆無、そこから引きちぎれるもの、また開口部に突き刺せるものも皆無で、わたしが彼らにふるった荒涼たる無限の力に見合うものはまったくなかった。即刻死にいたろうが極度な苦痛のなかで絶命しようが、あとは禿鷲がついばむにまかせることができたし、一週間で彼らは忘却の彼方だ。そのときわたしが経験したのは、まさに、虚空を目前にすると想像力が機能停止に陥るという事態だったのだ。わたしは懊悩した。

前もって指図しておいたゴルゴタへ向かった。村のゴミ捨て場だ。四人の盗人がシェファーと見張りとともにそこでわたしを待っていた。背後で最初の小屋から煙があがり、燃え出した。グリクワたちがわたしの命令を実行していた。牛をすべて集め、村を地上から消滅させせて、ホッテントットにふさわしい処置をしろと命じておいたのだ。悲鳴が聞こえはじめた。わたしはシェファーと捕虜たちに合流した。内密にするには村が近すぎた。もっと先へ行けとわたしは命じた。男が一人、がっしりしたホッテントットが、われわれのあとから走ってきた。胸には巨大な茶色の包みをしっかり抱えている。サーベルを振りかざしながらそのあとを追うのは、緑色の上着に緋色の帽子をかぶったグリクワ兵だ。音もたてずにサーベルが男の肩に振り下ろされた。包みがひらりと地面に落ちて、自力で走りはじめた。子供だ。かなり大きな子供だった。なぜ男は子供を抱えていたのだろう?

グリクワ兵はいま子供を追いかけていた。足を引っかけてころばせ、襲いかかった。ホッテントットが肩を押さえながら身を起こした。子供のことはもうどうでもいいらしい。グリクワ兵は地面の上でその子にやりたい放題だ。女の子にちがいない。ホッテントットの少女などわたしなら少しも欲しいと思わないが、ひょっとして最初の銃弾であれほどあっけなく倒れた少女なら話は別か。人はいつだってそんなアイロニーで自分をなだめることができるものだ。

われわれは小高い丘の頂上へ到着すると歩みを止めて振り返り、パイプをくゆらせた。木の枝を組み獣皮を張った小屋が煙をあげていた。ひどい悪臭を放っていることだろう。ホッテントットたちは手持ち無沙汰な三人の兵士たちに見張られて、村から少し離れたところに寄りかたまっていた。いまはおとなしくしているようだ。わたしには二人の部下しか見分けられなかった。馬にまたがったロースと、ファン・ニーウケルクか、あるいはバーデンホルストか。ほかの者たちはそれぞれ任務にいそしんでいるはずだ。身体がぶるっぶるっと震えはじめた。一、二分おきに長い震えが襲ってきたが、寒いわけではなかった。わたしはさらに冷静になっていた。心が、波に浮かぶ瓶のように、身体の内部で上下していた。幸福だった。

わたしはプラーチェを見た。その目がわたしの目に釘づけになっていた。自分がわたしの部下であると知っているのだ。白目が黄色く濁っていた。われわれはたがいの顔を食い入るように見つめ合った。風が、あまりにかすかでそれとは気づかなかった風が、ふわりと、やつが抱いている恐怖の臭いをわたしのもとへ運んできた。恐怖と、たぶん尿の臭いも少しあったかもしれない。わたしは袋から干し肉を一切れ取り出して、前へ突き出した。やつは受け取らなかった。近づいていって、口元に肉切れを押しつけてやった。渇き切った唇は開かなかった。わたしは寛大だった。時間はわたしの味方だ。そのまま肉を押しつけていると、ついに唇がわずかに開いて、渇いた舌があらわれ、肉がそこにくっつき舌が引っ込んだ。わたしは待った。あごが動いた、一回、二回、三回。あとは飲み込むだけだ。わたしはうなずいた。やつの喉の筋肉がくぼんだ。完了だ。ところが、それから――なんと――痙攣がやつの腹のあたりからこみあげてきて、口が開き、舌がまたあらわれて、吐き戻したのだ。こぢんまりした水気を含まない吐き戻しで、ふやけた赤い肉片がやつの胸のところで座礁していた。目が犬のように申し訳なさそうだ。わたしは狼狽えなかった。やつはなかなかの進歩を見せていた。

グリクワたちが連中の手を縛りはじめた。村のなかでだれかが悲鳴をあげている。十分に悲鳴とわかる大きさで、細くて鋭い、うんざりするような悲鳴が次から次へと、半マイル離れたわれわれのところまで聞こえてきた。わたしは耳を澄ましてみた、蛙の鳴き声に耳を澄ませて純粋なパターンを聞き取るように。だがこのパターンはくそ面白くもなかった。叫び声など消えてしまえばいいと思った。

捕虜たちもまたうんざりするものになってきた。われわれは小丘の背後にある心地よい小さな窪みまで降りるべきだった。だがタンブール兄弟は見張りにぐったり寄りかかって歩こうとせず、アドニスは引っぱりあげられて立ちはしても、すぐに地面に崩れ落ちてしまった。プラーチェだけがやる気満々でさっと立ち、わたしの目をじっと見た。彼には丘をくだれと合図し、グリクワたちには他のやつらもかまわず引っ立てろと命じた。一人がアドニスの足首をつかんで引きずった。後手に縛られたアドニスは岩にぶちあたるのを避けることができずに、後悔のことばをわめきはじめた。それでやつは立たせてもらえた。するとまた前に進むのをいやがった。手のつけようがなかった。「旦那さま、旦那さま、わたしの愛する旦那さま」とまくしたてた。「旦那さまはご存じでしょ、わたしは愚かなホッテントットにすぎません、どうか、旦那さま、どうか」やつにわたしの心の平安を乱されるのはごめんだ。「腕を引きずれ」とわたしは命じた。グリクワがやつの手首を縛った革紐を握った。やつは倒れ、腕を頭上に捻じあげられて、苦痛に悲鳴をあげはじめた。「切ってやれ」とわたし。「腕が折れてしまうぞ」というとわたしは自分で紐を切ってやった。グリクワはやつの片腕を引っぱって丘をくだりはじめた。手間はかからなかった。やつは尻をついて滑りながら、自分でかかとを蹴って、引きずられる動きに合わせた。タンブール兄弟がそのあとに続きはじめた。一人は観念して、うなだれて歩いた。もう一人も歩いてはいたが、後ろから押されても背中をそらせて、まったく協力しなかった。丘のふもとに来ると、そいつが急に奇妙な小走りを始めた。頭を垂れて、両手を後ろに突き出した姿は、走りまわるにわとりのようだ。窪みをちょこちょこと走り抜けると、次の斜面をもっとゆっくりと岩のあいまを縫って進んでいた。「あいつ、逃げようとしてます、旦那さま」と隣にいたグリクワがいった。「連れ戻しましょうか？」ほかの連中が大声で笑ってひやかしていた。「一発、撃たせてください」とシェファーがいった。「撃て」とわたし。少年はたぶん五十ヤードほど先を、歩く速さで移動していた。シェファーが撃つと横ざまに倒れた。グリクワたちが彼を連れ戻したが、臀部の傷からひどく血を流している。顔が緑色だった。「ピーチェ」と兄弟の片割れがいった。「だめだ。こういうのはごめんだ、やつを撃て、始末しろ」とわたしはいった。シェファーが弾を込めなおして頭を撃った。

「死んだか？」とシェファー。「死にました、旦那さま」

アドニスがまた厄介をかけていた。地面にばったり倒れて立とうとしないのだ。気を失ったのかと思ったが、やつの目はかっと見開かれ、わたしをにらみ返していたが、視線はどこかわたしの頭の後ろに合わせているようだ。「立て！」とわたし。「遊びじゃないんだ、この場でおまえを撃ち殺すぞ」というと銃口をやつの頭にあてた。「立て！」彼の顔はひどくうつろだった。引き金を引く寸前、やつが頭をさっと動かしたために弾がそれた。シェファーがパイプをくゆらせながらにやにやしていた。わたしは顔が真っ赤になった。片足でアドニスの胸を踏みつけて抑え、弾を込めなおした。「どうか、旦那さま、お願いです、腕がずきずきするんで」と彼はいった。銃口をやつの口元にあてた。「くわえろ」とわたし。やつはくわえようとしなかった。わたしは踏みつけた。彼の唇から血が流れ、あごから力が抜けた。やつが喉を詰まらせるまで銃口を押し込んだ。両足首でやつの頭をしっかり挟んだ。わたしの背後でやつの括約筋がゆるみ、ひどい悪臭があたりに立ちこめた。「行儀が悪いぞ、ホッテントットめ」とわたしはいった。こんな下品な行為が残念だった。砂のなかに撃ち込むような小さな音しかしなかった。やつの脳みそのなかでなにが起きたか知らないが、目がやぶにらみになっていた。シェファーが検分して大声で笑った。シェファーなど消え失せろ、とわたしは思った。

「こいつらを立たせられないか？」とシェファーがいった。「立たせろ」とわたしはグリクワたちに命じた。二人ともすんなりと立った。タンブール兄弟の片割れは自分がなにをしているかわかっていなかった。プラーチェはなおも勇敢であろうとした。グリクワがそばに立ち、シェファーとわたしは後ろへさがった。「あんたは左のを」とシェファーはいって、タンブールを撃ち殺した。わたしは発砲して銃を下ろした。プラーチェはまだ立っていた。「倒れろ、くそっ！」とわたし。プラーチェが二歩、前に出た。「おい、やつを殺せ、まだくたばらない！」と叫ぶなり、わたしはやつのいちばん近くに立っているグリクワを指差した。「そうだ、おまえだ。剣を使え、首を刎ねろ！」と手刀で空を切ってみせた。そいつがプラーチェの首に剣を振り下ろした。プラーチェはうつ伏せに倒れた。まわりをみんなで取り囲んだ。頭蓋の付け根が青く隆起している。サーベルが当たった箇所だ。「仰向けにしろ」とわたしがいった。銃弾は胸に、喉のすぐ下に当たっていた。顔は落ち着いた表情で、まだ意識があり、彼はわたしを見ていた。「さて」とシェファーがいった。「わたしはそろそろ行くとしよう、あっちのほうがどうなっているか見たいんでね」。彼は去った。

傷ついた鳥の処理の仕方は、子供のころに教わるものだ。首を人差し指と中指のあいだで挟み、頭を手のひらでつかむ。それから独楽をまわす要領で手首をぱきっとひねりながら鳥を下に向けて思い切り振り下ろす。そうすればたいがい胴体はきれいに飛んで、頭だけが残る。ところが、びくびくして力をしっかり入れなければ、鳥は首の皮を剝かれて気管を潰されたまま生きつづける。そんな鳥の細くて赤い首にわたしは決まって哀れと嫌悪をもよおした。もう一度ぱきっとやるのかと思うと胸がむかつき、頭をぺしゃんこに踏み潰すようなずさんな殺戮方法には背筋に戦慄が走った。というわけでわたしは、息絶える生き物を両手に抱いて愛おしみながらその場に立ち尽くして、息絶えるまで苦しみつづける、無力な、あらゆる小さきもののために哀れみの涙を落としたのだ。

そんな感情がわたしのなかに呼び起こされた。死への旅立ちをわたしが酷薄にもやりそこない、その道行きが延々と続いている者によってだ。彼は口を開いてぶくぶくと不快そうに泡を吹き、血が肺のなかに流れ込んでは流れ出て、胸一面に、そして地面に赤い膜を作った。なんという浪費だ、とわたしは思った。血となると、このわたしは自分のどのような分泌物に対してよりもしみったれだった。膝をついて目をのぞき込んだ。彼は大胆に見返してきた。わたしがもはや脅威ではないと、もうだれも彼を脅すことはないとわかっていたのだ。わたしは彼からの敬意を失いたくなかった。彼の頭と肩を抱きかかえ、少し身体を起こしてやった。わたしの両腕が血に染まった。目が焦点をなくしていった。目はすでに葡萄酒の澱《おり》の色だ。どんどん死へ向かっていた。「勇気を出せ。おまえはたいしたやつだ」とわたしはいった。彼はなにも理解できなかった。わたしのあごの筋肉が震えた。彼にはなにも見えていなかった。彼をそっと地面に横たえた。深いところで、まるで井戸の底に消えるように肺がぶくぶくと音を立てつづけていた。それから横隔膜が収縮し、胸の奥からくしゃみが出て飛散する血と体液と、おそらく、彼のはらわたである断片にわたしはまみれた。こうして彼は死んだ。

これら四人の死について、そしてほかに起きた出来事について、もしなんらかの贖罪、弁明、撤回が必要であるなら、次のようにいっておこう。

ヨハンネス・プラーチェが、あるいはアドニスにしろ、死んだホッテントットたちはいうまでもなく、わたしの感覚にとって閉ざされたままの巨大な歓喜の世界ではなかったと、どうしてわかる？　わたしは計り知れない価値のあるなにかを殺してしまったのではないのか？

わたしは探検家だ。わたしの本分は閉ざされたものを開いて暗闇に光をもたらすことだ。もしホッテントットたちが巨大な歓喜の世界から成るとすれば、それは透視／貫通不能の世界であり、それはわたしのような人間には透視／貫通不能だから、われわれの使命を回避することになるがそれを迂回するか、邪魔にならないよう一掃するしかないのだ。わたしの召使についていえば、自文化から永遠に失われた根無し草であり、身にまとうのはいまや主人のぼろしかない者たちで、その生活には不安、憤怒、酒色しかないことをわたしは熟知している。彼らは襲いくる恐怖のなかで、なにも理解せずに死んだ。限られた知性の者たち、限られた生を生きる者たちだった。彼らはわたしがこの念頭から追い払ったその日に死んだのだ。

この者たちの死によってなにが成就されたか？

彼らの死を通して、彼らに追放されて蒼ざめた象徴のように砂漠をさまよったわたしは、ふたたび、自分がこの世にあることを明言したのだ。人殺しをほかの男より楽しんでいるわけではない。しかし、わたしは引き金を引く者であることを引き受け、この犠牲《いけにえ》の儀式を、現に生きている、わたし自身とわたしの同胞のために執行し、浅黒い肌の者たちに対してわれわれ全員が切望してきた殺害を実行した。みんな有罪だ、例外はない。わたしはそこにホッテントットたちも含める。どんな途方もない魂の罪ゆえに彼らがわたしの手に委ねられて死んだか、だれが知る？　神の罰は正義であり、非難することも、理解することもできない。神の慈悲は功績を心に留めたりはしない。わたしは歴史の手に握られた一個の道具にすぎないのだ。

わたしは苦しむだろうか？

わたしだって死は怖い。わたしだって人生七十年の何パーセントがすでに食い尽くされたかを計算しながら、眠れぬ夜々をすごしてきたんだ。わたしが死去した翌日のことを思って、葬儀屋の代理人がわたしを切り開いて整然とした腹の内部から臓器を、長いこと愛しんできたわが内なる自己をむしり取るところを思い浮かべてきたんだ。（それにしても、あれはどこへ行くんだ？　安あがりな、豚の餌にでもなるのか？）

だが、もっと真実に近いのは、わたしの死は自分を恐怖で怯えさせるために、毛布にくるまっているのがもっと心地よく感じられるようにするために、自分に語り聞かせる冬物語にすぎないことだ。わたしのいない世界など想像できない。

一方で、もし最悪の事態になれば、取り返しがつかないほどわたしが生命に執着しているわけではないことをあんたは知るだろう。自分がどんな教訓を学んだか、わかっているんだ。わたしだって差し招く指を前にすれば、自己の無限の回廊を通って退却できる。わたしだってプラーチェのような、アドニスのような、タンブール兄弟のような、ナマクワ人のような視点を獲得して、そこを住処にすることはできるんだ。そこから見れば自分は余計者ということになるんだろう。いまのところは、そんな視点を住処にしようとは思わない。しかしその日が来れば、自分は生きているのか死んでいるのか、生きていたのか、そもそも生まれことがあるのかどうかさえ、わたしにとって真の関心事ではなかったことをあんたは知るだろう。わたしにはもっとほかに考えなければならないことがあるんだ。

後記

初めて南部アフリカの奥地へ果敢に足を踏み入れ、以来われわれが継承してきた情報を持ち帰った英雄たちのなかで、ヤコブス・クッツェーは、今日にいたるまでさほど目立ちはしないながら名誉ある地位を占めてきた。われわれの歴史の黎明期を学ぶ研究者によって、彼はオレンジ川とキリンの発見者と見なされている。とはいえわれわれは象牙の塔から、寛大にも微笑みながらこの騙されやすい狩人を無視してもきたのであり、彼がライク・トゥルバハ総督に報告した、はるか北方に住む長い髪の人々をめぐる愚にもつかぬ話のために、一七六一年から六二年にかけてヘンドリック・ホプの実りなき遠征隊が派遣されることになったのだ。諸般の事情により、とくにクッツェーの探検をめぐるかいつまんだ話が今日まで流布してきたことによって、この男の人物像は紋切り型のままで、その真の偉大さはわれわれの目から隠されてきた。これまで信頼に足るとされてきた話は別人の手によるものであり、総督府《カッスル》に雇われた文士が役人にありがちな性急さでクッツェーの物語を聞き取り、手早く概要だけを書きとめて総督へ提出したのである。[1] 記録はオランダ東インド会社にとって価値あると見なされそうな情報に偏っている。つまりは鉱床について、資源供給のために奥地の諸部族が将来的に有用かいなかについての情報である。東インド会社の書記が商人のもつ第二の習性にならって書きとめたものが、いまわれわれが目にする、クッツェーのささやかな名声が依拠する物語であり、それが北方に住む「黄褐色か黄色の肌をした、髪の長い、麻布を着た」人々の物語であるのはまちがいないだろう。

本書はヤコブス・クッツェーについて、より完全で、それゆえより公正な見解を大胆に提示しようとするものである。それは敬愛の書であると同時に歴史の書、すなわち、われらが先祖であり、わが民族の開祖の一人に対する敬愛の書である。白人が初めて、われらが土地の内陸に住む原住民と接触した偉大なる探検の時代をめぐり、われわれの思考に紛れ込んでいる反英雄的な歪曲を、歴史上の証拠を示すことで、いくぶん正す書なのである。[2]

ヤコブス・ヤンソーン・クッツェー(Coetzee は Coetsee とも Coetsé とも表記する)は、一六七六年にオランダからケープ植民地へ移民した自由市民ディルク・クッツェーの曾孫であった。クッツェー家の足跡を代々たどると、次第に奥地へと分散していったようすが手に取るようにわかる。それが南アフリカにおける「白人」の表向きの物語、オランダやイギリスの植民地政府から課せられた制約に怒り、嫌気が差して、北へ北へと移住《トレック》したという神話を構成してきたのである。われらが民族は無政府的な傾向が強い。われわれは正義を信奉しながらも、いまだかつて法を喜んで受け入れたことはないのだ。ディルク・クッツェーがステレンボッシュへ移り住み、それから七十年後にヤコブス・クッツェーはピケットベルグへ移住して牧畜業者兼狩猟者として暮らした。彼が幾度か象狩りの遠征へ出かけたのは、まさにここから、つまり現在のアウローラ村付近にあった彼の農場からで、そのひとつが一七六〇年の遠征だったのである。

この無名の農場主の人生を理解するには、大いなる想像力を働かせる必要がある。クッツェーもまた当時大きな潮流となっていた、南に背を向ける者たちの一人だったのだ。内陸部の大勢の農場主にとって、毎月、東インド会社が出してくる飽くなき要求に四苦八苦しながら応えること、つまりインド航路を行く船舶のための肉、穀類、果物、野菜といった食料を牛車に積んで、ケープまでの悪路を運ばねばならないことが耐えがたい負担になっていたのだ。そんな男たちが奥地の平原へと目を向けて、そこでなら自分の人生の主《あるじ》になれると考えた。ケープ岬の突端に立って海を見渡してみるがいい。きみたちはどう思うだろうか？　南、それは黒い海であり、氷であり、白さだ。ケープを離れよう、たぶん馬の背に乗り、何マイルか進んだが、南からの逃亡の旅はまだまだ続く。やがて、カチッ、さまざまに記述される海岸地帯から遠ざかれば、南からは自由になる。運命という感情から解き放たれて、油断できない中間地帯に入っていくのだ。さらに北へ歩を進めると、カチッ、そこはもう運命の第二地帯で、ここからは北へ向かうばかり。北しかない。北へトレックしたクッツェーが見たのは、いわば、蛙か蟇蛙のまるい眼球を通してであって、ということは彼（蛙）を取り巻くすべては彼（人）の前方にあった。歴史的観点からすれば、これは小麦や野菜を栽培する東インド会社との契約を捨てて、牧畜に鞍替えすることで彼が創造した未来だったのだ。

ヴァヤン、スパールマン、コルベ（十八世紀に南部アフリカを探検したフランス、スウェーデン、ドイツの旅行家）、さらにあの横柄なイギリス紳士バロー（一七九七年に総督マッカートニーの秘書としてケープ植民地へ赴き南アフリカ内陸の旅を記録）を加えるにせよ、彼ら外国人訪問者が残したものを見れば、この辺境に生きる農場主の日々の暮らしはおよそ見当がつく。われわれが思い描くのは、年中おなじ粗末な作業服にライオン革の靴を履き、頭には縁のぐるりとついた帽子をかぶり、曲げた腕の内側にしっかりと鞭をはさんで、油断のない目つきで牛車のそばかストゥープ（オランダ様式の家屋の屋根つきテラス）に立って来訪者を歓待しようとする人物であり、その歓待ぶりに肩をならべられるのは、ドミニカス（オランダ人の歴史家、南アフリカ史に興味をもち滞在研究して著書を著した）の考えによれば、古代ゲルマン人くらいといった人物である。あるいは、バローは侮蔑をもって唾棄したが、無垢な者の目には牧歌的な美しさと映る一枚のタブローのなかに彼を描き込めば、夕べに、腰を下ろして水の入ったたらいに浸した足から一日の辛い労働の汗を家族に洗い流させ、夕べの祈りと夫婦の交わりにそなえる姿となろうか。それとも馬の鞍からまず右足を、次に左足を下ろすかたわらには、仕留めたばかりのヘムスボックの死体と銃があり、その銃口から出たコバルト色の煙もおそらくいまや薄い空の青にすっかり溶けてしまっている絵か。このような場面ではいつも彼は寡黙な男という印象を受ける。同時代の肖像画は一枚もない。むろん彼は髭をたくわえている。

東インド会社は手っ取り早い儲け話に関心があった。ファン・リーベック（一六五二年にケープ植民地を建設したオランダ人、一六四〇年代に出島に来ている）自身、内陸部へ遠征隊を送り込んで探させたのは、蜜、蜜蠟、駝鳥の羽根、象牙、銀、金、真珠、鼈甲《べっこう》、麝香《じゃこう》、ジャコウネコの皮、琥珀、毛皮類、その他もろもろであった。こういった価値ある物品が物々交換の対象となったのだ。その見返りに東インド会社の代理人たちが渡したのは、煙草、蒸留酒、ビーズなどガラス工芸の品々、金属、火器、火薬といった日用雑貨で、それによって件の白人の名が一躍アフリカじゅうでささやかれたのである。ここで現代の解説者たちが交易について述べる安易な嫌味に興じるつもりはない。内陸の部族たちが牛や羊の大群を売り払って手に入れたのはガラクタだ。これが真実。それは無垢が必然的にこうむる損失だった。牛飼いは、腹を空かせて泣き叫ぶ子供たちの声で泥酔状態からわれに返り、すっからかんになった牧草地をまじまじと見て「人間の堕落」という教訓を学んだ、つまり永遠にエデンの園に暮らすことはできないと学んだのだ。神の創世というこの劇《ドラマ》のなかで、東インド会社の面々は燃える剣を振りかざす天使の役を演じたにすぎない。牛飼いは世界の市民権を得るべく、進歩という悲しい一歩を踏み出したのだ。こう考えるとわれわれはなぐさめを見出せるだろう。

総督府《カッスル》は手っ取り早い儲け話に関心があったものの、あくまで責任が増大しないかぎりにおいてということだった。「重役会に対してわれわれは謹んで、さらに二十五人のヘッセン傭兵をわれらが指揮下に割り当てられますよう要請いたします。ブッシュマンの略奪行為はかくも激しく、植民地の境界線はかくも長くなり、フラーフ・レイネットからの道を警護するため屯所を設置することが急務になっております。二週間前にも自由市民ヴィレム・バーレンツとその息子たちが召使ともども殺害されて、二千頭の牛が追い散らされました」そんな手紙を書かざるをえなかった司令官の煩悶は想像に難くないし、それゆえ総督府から遠く離れてさらに北へと放牧の権利を伸ばそうとする市民からの要請は、疑念をもって精査されたことも想像できる。その権利が一七五八年にクッツェーにあたえられたことは驚嘆していいだろう。彼がそれほどの信頼を得ていたとはとても思えないからだ。辺境に暮らす開拓者には、ケープタウンを訪れるのは一生に一度という者もいて、黒い一張羅の礼服を着込み、牛車に乗って出発するその後ろから、礼節を守るべく、フローテ・ケルク（ケープタウンにある南アフリカ最古のオランダ改革派教会）で結婚式をあげる予定の花嫁が別の牛車に乗って続くといった具合なのに、クッツェーは皮革と象牙の荷を積んで一、二年ごとにその地を訪れていたのだ。そしてふたたび北へ向かう冷静沈着な男と彼の牛たちは、一時間に二マイルの速度で着実に進み、牛車には革紐でくくりつけられた火薬の樽がふたつ、紅茶、砂糖、煙草が積まれ、鞭立てにはカバの革鞭がぴんと立っていた。彼の牛車については適切な時点で詳述することにしよう。

　バローは入植者を小百姓と誤称しながら、彼らが野蛮なゲームのように動物を残虐に殺していると非難する。彼は、弱った牛の列の下で農場主が火を焚くところを記録している。[3]バローは啓蒙時代のヨーロッパに多く見られた、熱情と偏見の犠牲者だった。彼はケープ植民地へやってきて、自分が見たいものを見た。つまり、高貴なる野蛮人、怠惰で残虐なオランダ人小百姓、文明をもたらすはずの挫折した宣教師だ。彼は勧告を残して去った。中国は終了、アフリカも終了、次はどこだ？　だがバローは死に、彼のいう小百姓は生き延びている。とにもかくにも、神を演じることなどなかった謙虚な男クッツェーが、自分の家畜を拷問したとは思えない。（わたしはこの文脈で、あのもっとも高名なイギリス人宣教師ジョン・フィリップを引用せざるをえない。彼のことばは、彼と同宗派の信徒たちが植民地支配の使節団と共謀していたことをありありと物語っている。「われらが宣教師たちがいたるところに赴いて、文明と、社会秩序と、幸福の種子を蒔いているあいだに、彼らはもっとも非の打ちどころなき手段によって、イギリスの利益と、イギリスの影響と、イギリス帝国を拡張している。どこであれ宣教師が自分の価値基準を野蛮な部族民のあいだに広めれば、植民地政府に対する彼らの偏見は消え、人工的な欠乏を作り出すことによって彼らの植民地への依存度は高まる」[4]のだ。そのとおり、野蛮人がその裸体を衣服でおおって土地を耕さなければならないのは、マンチェスターが木綿のズボン下を、バーミンガムが鋤の刃を輸出するためなのだ。イギリス人輸出業者にどれほど謙譲、尊敬、勤勉といった美徳をもとめても無駄である。ツヴィングリが述べるように、この世にあって神にもっとも近いのは汗を流して働く者なのだ。）

　すでに述べたように、クッツェーは総督府ではよく知られ、信頼されていたのである。それゆえ彼に土地が払い下げられて、ケープ植民地の境界を越えて狩猟する許可も付与されたのだ。というのも植民地にはいまだ多くの野生生物が生息していたとはいえ、あまりに高い狩猟熱のせいで象やカバのような大型動物は北の野生地深く引っ込んでしまったからである。したがって、象牙の売買は物々交換と、少なからぬ危険をともなう狩猟目的の遠征に依存していた。バーチェル（イギリスの植物学者、南部アフリカ旅行記の著者、青年ジョンがロンドン時代に耽読）の著作には、カーレル・クリーヘルという狩人が怒り狂った雄牛によって地面に叩きつけられた話が載っているが、それは（一七九八年の人口調査によれば）成人の白人男性人口が五五四六人の時代だった。[5] クリーヘル一人の死は、割合からいうと、奴隷所有者が資産奴隷の品質保持のために扶養していた種つけ用荒くれスコットランド男たちが、奴隷女に生ませた数千人の私生児一人の死よりも大きな損失であった。[6] ついでに、しばし立ち止まり、白人の植民地化に関する東インド会社の臆病な政策を、情けない思いでながめやってもいいだろう。十八世紀におけるオランダの人口増加の停滞（怠惰ゆえか？　自己満足ゆえか？）には遺憾と当惑を、さらには合州国の人口増加には羨望をともなう賞賛を禁じえない。この時期、合州国は白人人口を幾何級数的に増加させつつ原住民の人口増加をじつに効果的に抑制して、一八七〇年までにインディアンの数をかつてなく激減させたのである。初期のケープ植民地ではだれ一人無駄にはできなかった。とはいえ一八〇二年にはクッツェー自身の息子が奴隷たちの手で殺害されて、家族のうち難を逃れたのは妻だけだった。[7] 彼女が再婚したことを祈りたい。

一七六〇年七月十四日の真冬に、クッツェーは北へ向かう遠征に出発した。ホッテントットの召使を六人、牛車を牽かせる二列二十四頭の雄牛を引き連れていた。もっぱら夜間に旅をしたのは昼間は牛に草を食ませるためで、十二時間ごとに交替させながら一六八五年のファン・デル・ステル（ケープ植民地初代総督）の遠征経路をたどっていった。奇妙なピラミッド型の砂岩がならぶ丘陵地や、牛車が車軸まで沈む分厚い砂の平原をゆっくりと前進した。

風雨に浸食された丘陵地はごつごつとした気の滅入る景観を呈していた。フェルローレン・ファレイの砂の谷を抜けるには三日を要した。旅する一行が食料としたのは屠った羊（尻尾の太いケープ羊）と銃で仕留めた獲物であり、たぶんそれは群生するスプリングボックだっただろう。クッツェーのホッテントットたちはそれまでの食習慣を捨てなかった。彼らは死んだ動物から分厚い肉を切り取り、リンゴの皮を剥くように螺旋状の細長い肉片にした。まあ、リンゴの皮を螺旋状に剥くとしての話だが。その細長い肉片を焚き火の灰に放り込み、生焼けのまま食べた。いまひとつの食習慣は、幸い姿を消してはいたが、たぶんもとをたどれば宗教的なもので、ホッテントットに宗教と名のつくようなご大層なものがあるとも思えないが、その食習慣とは羊の喉と腹を切り裂いて内臓に血を注ぎ込み、その混合物を棒切れでかき混ぜながら嬉々として飲むことだった。たぶんそれで精力がつくとされたのだろう。そのような習慣について鑑みるに、われわれはヨーロッパ人とホッテントットの交流において、前者が後者に対してのみ文化的影響をおよぼしたことに心から感謝していいだろう。いずれホッテントットの他の文化的実践を非難する機会をもつこともあろうが、そのときこそ、わたしの意見がさらに強い説得力をもって実感されることだろう。

（「……アーテン、アーテン・ターテン・ターテン」とケープ植民地の原住民は難破船ハーレム号の水夫たちに向かって歌った。「……アーテン・ターテン、アーテン・ターテン」と四分の二拍子で歌い踊ったのだ。[8]これが「ホッテントット」という名の由来である。）

七月十八日、クッツェーは南緯三十一度五十一分の地点でオリファンツ川を渡った。水枯れすることのないこの川は流れが激しく、弱った雄牛の一頭が奔流に飲み込まれた。クッツェーが渡ってから十年もしないうちに、川の両岸には農民たちが定住して米を栽培するようになっていくのだが。厳密にいえばブッシュマンの土地にいながら、彼はまだ一人も見かけていなかった。進路を北東にとって海岸沿いの砂漠を避けた。雄牛を総動員して牛車を牽かせて山越えをしたナルドウ山脈では、時の経過による浸食が進んでグロテスクな空洞、アーチ、列柱が形成されていた。峠では高所から不審に思う目が一行を注視していた。それは高い岩棚に腹ばいになったブッシュマンの目だったのだろう、左手に小さな弓を持つ彼らの腰から、七、八十本の短い矢を入れた矢筒が斜めに突き出ていた。ブッシュマンが植民者の銃に近づいてこないのは理由があった。狩猟をし、食べられる根や実を採取して生きる彼らは、レイヨウ類の数の減少にひどく悩まされ、入植地の境界に潜伏して、機転の利かない農場主のすきをつき、家畜の群れを奪い去る機会を待つようになった。盗まれた家畜は野蛮な扱いを受けたことだろう。エスキモーとおなじように、ブッシュマンは、動物がこの地上に生息するのは人間が生命を維持するためのみならず、人間のもっとも邪悪な欲求を満たすためというおぞましい考え方をした。傷ついた動物の生きた肉から、切れの悪い石のナイフで病巣部分がえぐり取られたのだろう。盗まれた雄牛の尻の肉が切り取られ、もがき苦しむ獣の目の前で食されたのだろう。そしてたとえ追跡する農場主が盗人を捕らえたとしても、彼の牛は容赦なく腱を切られて遺棄されていたのだ。

そんな略奪から自衛するため農場主たちはコマンド隊を組織した。目的は農場とブッシュマンが出没する荒野とのあいだに緩衝地帯や自由区域を設けることだった。そこでの自由を確保するために、この地帯を警備する十分な人員のいない彼らがしぶしぶ採用した施策が恐怖だった。入植地の境界上で見つかったブッシュマンに災いあれ、というわけだ。どれほど駿足で弓矢の扱いに長けていようと、馬に乗ったコマンドの銃には勝てないことをブッシュマンはすぐに学んだ。この揺るぎなき圧力に押されてひたすら北へ（そして侵入してきたバンツー諸族（中央アフリカから南下した黒い肌の民族、ズールーやコーサ人など）によってひたすら西へ）追いやられて、ブッシュマンはカラハリの灌木地帯をもっとも安全な避難所と定め、今日にいたるまでそこで先祖伝来の生活様式を維持している。

　しかしながら、心に留めておくべきは、その恐怖政策が無差別だったわけではないことだ。ブッシュマンの成人男性に畑仕事をやらせるのは土台無理なことではあったが、子供たちはおおむね扱いやすかった。男子は平原《フェルト》に関する並はずれた知識をもっていて優秀な牧夫になり、寡婦や女子はすぐにおとなしくなって家事をこなした。コマンド隊による遠征は、したがって、決して大量虐殺などではなかった。成人男性のなかには生け捕りにされて生き延びた者もいる。ブッシュマンの言語を研究したことで名をあげたヴィルヘルム・ブレーク（十九世紀のドイツ人言語学者、著書『南アフリカ諸言語の比較文法』）が、彼にとってもっとも重要な二人の情報提供者と出会ったのは、老いた彼らが足枷をはめられてケープタウンの防波堤修理をやらされていたときだったのだ。

ナルドウ山脈を越えるとクッツェーの視界にオンデル・ボッケフェルトの断崖が入ってきたが、彼はこれを迂回した。地面はいまやごつごつとした岩だらけだ。一七六〇年は雨季が遅く、一行は突然襲ってきた雷鳴と鳩の卵ほどある雹《ひょう》（直径十四ミリ）を避けるために、とりあえず見つけた避難所に逃げ込んだ。驚いた雄牛たちは寄りかたまってうずくまり、男たちは牛車の陰で煙草を吹かしながら毒づいた。煙草はピケットベルグ地区で栽培されていたが、クッツェーの農場では栽培していなかった。煙草とブランデーがホッテントットの文化を崩壊させる有用な手段だったことはよく知られている。この贅沢品のためにホッテントットは彼らの富である牛と羊を売り払い、みずから盗人、放浪者、乞食といった種族におちぶれたのだ。煙草によって茫然自失となった彼らを正気に戻すのは飢えですら不可能だった。終日、小屋のそばに寝そべり、寒くなれば陽光をあび、暑くなれば日陰に入り、これを交互にくりかえしたのだ。彼らの怠惰はそんなふうで、飢えからの逃げ場は奮起して狩猟に出かけることではなく、気持ちを和らげる惰眠か、わびしげなゴーラ（息で一弦を震わせる楽器）の音楽であった。なかなか興味深いこの楽器についてはのちほど言及することにしよう。煙草の麻薬効果はホッテントットによく知られていて、彼らは気晴らしにパイプから採れたニコチン油で蛇に毒を盛って楽しんだ。

クッツェーの召使たちは必然的に怠惰という堕落した部族文化から切り離されていた。家畜を失った彼ら、あるいはその父たちは、すでにクッツェーの守備範囲へと移り住んでいたのだ。労働力を提供する代わりにその土地に小屋を建てることを許され、主人の家畜の群れとともにわずかばかりの自分の家畜を飼ってもいいとされていた。労働の対価は、穀物、砂糖、その他の必需品、そして分別をもって計量された煙草とブランデーによって支払われた。このようにしてクッツェーは自分の農場で、いまひとつ別の永続的な関係の基礎を築いたのだ。農場主と召使が時間の経過のなかでゆっくりとつかず離れずダンスを踊り、農場主の息子と召使の息子が庭でいっしょにドロセ（羊の骨や粘土で作った牛と牛車）で遊び、成人するにつれて主人と召使という、より厳格な関係へ移り、労働生活が続くかぎり召使は主人を中心にあれこれ動きまわり、齢をとって二人の老人となれば明るい陽光のなかで歩を止めて、きんきん声で思い出話を語り合い、挨拶に帽子を軽く持ちあげ、すり足で歩き、そして孫たちはドロセで遊ぶ。ホッテントットの言語には「はい」という語がなかった。同意を示すためには主人が出した命令の末尾をくりかえしたのだ。ホッテントットの言語は消滅したが、ウェスタン・ケープ州の農場ではいまも話の締めくくりに、こんなアフリカーンス語の応答を耳にするかもしれない――「家畜を北の牧草地へ連れていけ」「北の牧草地へですね、旦那さま」アカシアの枝を曲げて作られた彼らの小屋は、やがてベノニで製造された波板トタンの屋根と土壁の家に変わった。それでも薪ストーブからは煙がゆらりと立ちのぼり、屋根の上に南瓜がならび、尻を出した子供たちなど、絵になる光景といえなくもない。歴史には安定という原理があって、それがあらゆる衝突をもっとも耐えやすい対立へと洗練させていくのだ。丘の斜面には農場主の閑静な屋敷があり、窪地には静まり返った小屋がならび、空には星がまたたく。

クッツェーがいま通過する地域は、ヨーロッパ人の目に処女地と映ったわけではない。以前、狩人や商人が通過していたが、東インド会社の耳に入らないことがよくあったのだ。それにしてもこの地域はあまりに広大で、探検者はごく少数であったために、歴史家がその地勢を未知のものと考えるのは理にかなっており、それぞれについて、これを発見したのはだれか？　あるいはもっと正確にいえば、これを発見したのはヨーロッパ人のだれか？　という問いを立ててもかまわないのだ。というのも亜大陸では、原住民人口がこれまでずっと少なかったとはいえ、土地固有の事象に関していえば、それに最初に注がれた目が原住民のものではなかったと断言しきれないからだ。クッツェーはピケットベルグとオレンジ川のあいだの、未踏の場所が残る土地に二重の行路（往路と帰路）をしるしながら、牛車から百ヤード内にあるブッシュをすべて、狩人の鋭い目で見分けていった（昆虫や小さな爬虫類は発見者の視線を避けてそそくさと身を隠す）。キャメロパード（キリン）は、オーストラレーシアにおける変種として、彼が発見したことをわれわれ全員が認めている。だが、世紀の変わり目にケープ植民地へ押し寄せてきたツンベルク、スパールマン、パターソンといった紳士階級の植物学者の主張に抗して、ここで、ヒェルファァイヒ（マレフォラ・モリス）についてはクッツェーの発見が先行すると主張させていただこう。水分は多いが渋味が強すぎて、食べた羊が怒り狂って角で掘り返してしまう多肉植物である。ヨーロッパからやってきた紳士たちが新種の発見に用いた基準は、視野の狭いものであったことは確かだ。彼らはあらゆる標本がヨーロッパ的分類法のどこかに当てはまらなければならないと考えた。だが、われわれがアリスティダ・ブレヴィフォリアと呼ぶ草をブッシュマンが初めて見て、仲間うちで語り合い、これは見たことがない草だからトゥワーと呼ぶことにしたとき、おそらく彼らの世界にはそのトゥワーが場所を占める知られざる植物の序列法があったのではないか？　もしもそのようなブッシュマンの分類法とブッシュマンの発見という概念を受け入れるとしたなら、われわれは辺境開拓者の分類法と辺境開拓者の発見という概念を受け入れねばならないのではないか？「これは知らんな、わたしの仲間もそれを知らないが、それでもなんに似ているかは知ってるぞ。それはローイフラス（赤い草の意）に似ている、ローイフラスの一種だ、わたしはそれをブスマンフラス（ブッシュマンの草）と呼ぶことにする」――発見した瞬間の内面のつぶやきはこんなところだろう。馬に乗ったクッツェーは、部分的にしか名前をもたない世界を、神のように進みながら、識別し、存在させていったのだ。

　わたしにも語るべき狩猟の冒険物語があればいいのだが。たとえば雄の象が突然くるりと向きを変えて馬の腹をえぐり、その馬の不運な乗り手が危機一髪の銃撃で、激怒した象の牙から命拾いするところとか。あるいは、手負いの雌ライオンがホッテントットの荷担人に飛びかかり、仕留めるのにもたついて（緑の目、赤い歯茎）、ホッテントットの悪臭放つ内臓が空に漏れ散るところとか。狩猟の冒険物語は、たとえどれほど嘘くさくても歴史に興奮を加味する。物語の仕組みがドラマチックな満足感をあたえるからだ。自己満足（わたしには銃がある）、狼狽（わたしの銃には弾がない、おまえには歯、牙、角がある）、安堵（おまえはまちがった相手に飛びかかり、そして／あるいは、それにもかかわらずわたしはおまえを撃つ）。クッツェーは、残念ながら、そんな冒険を頻繁に経験するような狩人ではなかった。彼はこの冒険の旅で二頭の象を撃ったが、いずれも（話の先を急ぐと）オレンジ川の北でのことだった。偵察に行った者が戻ってきて、群れがいると伝えた。気づかれることなくクッツェーと一人の荷担人が徒歩で象に近づいた（象たちは、知ってのとおり視野が狭く、狩猟者は風下にいた）。クッツェーは、象狩りの風習にならってズボンを脱ぎ、一頭の雄を、肩の後ろに弾を撃ち込んで仕留めた。群れは向きを変えてどすどすと逃げた。クッツェーは馬のところへ駆け戻り、追跡した。群れから落伍した雌象の腹に一発見舞い、そいつに苦悶の歩みを強いた。それに続く作戦は、危険そうに見えてきわめて正統的なものだった。彼は弾を込めなおして雌象の正面でぐるぐるまわった。面喰らった雌象が力を回復するために立ち止まった瞬間、すかさずホッテントットの荷担人が這い寄り、握った斧を振りあげてアキレス腱を断ち切った。そこでクッツェーは悠々と獲物に近寄り、耳の後ろに一発撃ち込んでとどめを刺した。象牙は切り取られて牛車に運ばれた。その夜（八月二十九日）、狩人たちは象の心臓を食った。すばらしい珍味だった。足もまた美味とされたが、クッツェーは不味いと思った。きみたちがこの冒険物語を楽しんでくれたものとわたしは信じる。

南緯三十一度を越えると一行はナマクワ人の土地に入った。このきわめて興味深い者たちについてはたっぷりと述べてみよう。ナマクワ人は決してケープ・ホッテントットと混同されてはならない。一七一三年に猛威をふるった天然痘によって部族組織が決定的に崩壊して拠り所をなくしたケープ・ホッテントットのことを、バローはいみじくも「もっとも救いがたい、人類のなかでもっとも悲惨な者たち」と呼び、「彼らの顔には常に悲哀と憂鬱が広がり、その名は忘れられるか、記憶されてもせいぜい取るに足りぬ故人のものとしてであろう」と記している。[9] ナマクワ人のほうは白人の入植という圧力に屈したが、一九〇七年までは集団として存続していた。一六六一年に彼らのところへ送られた使者たちは百人にのぼる音楽隊によって大歓迎された。次の使節が彼らを発見できなかったのは内陸の砦へ移住してしまったからである。

ナマクワ人は背の高さはそこそこだった。男はすらりとして女は肉づきがよかった。皮膚は黄色味をおびた茶色で、黒い目にはブッシュマンに似て射抜くような鋭さがあった(ブレークの主張によれば、ブッシュマンはガリレオより数世紀前に裸眼で木星の衛星を識別したという)。睾丸を体内に引っ込める技を身につけたナマクワの男たちは駿足で名を馳せていた。女たちは古代エジプトの女たちのように小陰唇がいちじるしく突き出ているが、ほかの形状を見たことがないためそれを欠点だとは思っていなかった。人類学者にとっては、大いに興味をそそられる民族、強い刺激を引き起こす民族である。カプチン会の修道士が履くサンダルのかかと帯を発明したのは彼らだった。病気から身を守るために豹の腸を首に巻きつけた。脂肪への飽くなき嗜好をもっていた。座礁して打ちあげられた鯨を見つけると大歓声をあげた。彼らの血族関係。ロマンチックな恋愛(叶わぬ恋に絶壁から身を投げた少女の物語)[10]。埋葬の風習。喪に服す証しとしての指の切断。男の尿にあるとされる治癒力。法と罰、たとえば財産を盗んだ者には熱い樹脂をかけ、近親姦を犯した者は手足を切断し、殺人者は脳みそを棍棒で叩き出す。神をあがめることを極度に嫌った(「雨には適度に都合よく降ってほしいのに、ひどい干ばつを起こしたりひどい洪水を起こしたり、そんなやつになぜ祈ったりしなければならない?」)[11]。一冊の書物になるほどの素材である。

そしてクッツェーの一行はナマクワランドへ入っていった。彼の牛車が積んでいたのは、黒、白、青の陶製ビーズ、煙草、ナイフ、鏡、真鍮の針金、マスケット銃三丁、弾丸、火薬一樽、散弾一袋、火打ち石、鉛棒が数本と銃弾の鋳型がひとつ、毛布、鋸、鋤、手斧、大釘、釘、ロープ、帆布、帆布を縫う針、牛革、軛《くびき》、端綱《はづな》、タール、瀝青、グリース、樹脂、車輪止めのピン、鉤、環、ランタン、米、ビスケット、穀粉、ブランデー、水樽三個、薬箱、その他もろもろ——まことに、卵の内《イン・オウオ》にある文明である。カミスベルグが視界に入ってくると牛車がやわらかい砂に車軸まで沈んだ。掘り返してもまた沈んだ。牛たちを二列につないで牽引させたために中央の長柄(ディッセルボーム)が折れてしまった。遠征を最初に見舞ったこの不運で召使たちはすっかりやる気をなくしてしまった。率先してやろうという気力を失い、うつろな目をして、突っ立ったままパイプをくゆらせている。未来のない者たちだ。どやしつけられて初めてわれに返った彼らは、牛車の荷を下ろし、折れた長柄を束ね、木の枝を敷いて牛車を引っぱり出した。その日の残りは長柄を取り替えるために費やされた。古い長柄はアセガイの木で作られていたが、新しいのは鉄木で作られていて、あまり頑丈ではないが、より堅く、より重かった。軸受け（タング）が無事だったのはなによりだ。

クッツェーは脇目もふらずにカミス山脈の谷間の隘路を通り抜けた。夜間、温度計は氷点下までさがった。山頂には雪が積もっていた。朝になると牛は関節が凍ったように硬くなり、立たせるために胸と腹の下に長柄を縦に差し込んで持ちあげねばならなかった。ある日の一時停止（八月十八日）のあとに遠征隊が残したもの、それは夜間の焚き火の灰、乾燥地の特徴である完全燃焼。草食動物は姿を見せるが肉食動物は岩陰に身をひそめる場所に、糞便の山が広範囲に点在。微量の銅塩が混じる尿のしみ。茶葉。スプリングボックの脚の骨。編んだ牛革ロープが五インチ。煙草の灰。マスケット銃の弾が一個。糞便はその日のうちに干からびた。ロープと骨は八月二十二日にハイエナに食べられてしまった。ほかのものはすべて十一月二日の嵐で四散した。マスケット銃の弾丸は一九三三年八月十八日の時点でそこにはなかった。

頭皮とあご髭からは、死んだ毛髪と皮膚の欠片。耳からは耳垢。鼻からは血の混じった鼻汁（クラーヴェル、ディコップ、それぞれ野垂れ死にと鞭打ち）。目からは涙と粘つく目やに。口からは血、腐った歯、歯石、痰、吐瀉物。皮膚からは膿、血、かさぶた、じくじくと流れる血漿（火薬で焼け焦げたプラーチェ）、汗、皮脂、皮膚の欠片、体毛。爪の破片、指間の腐敗。尿と微細な腎臓結石（ケープの水にはアルカリ分が多い）。恥垢（割礼はバンツー系のみ）。糞便、血、膿（ディコップ、毒）。精液（全員）。南部アフリカにつけられた二本の行路に残されたこのような遺物はやがて、太陽、風、雨にさらされ、昆虫界の注目をあびて消滅したが、それらの原子的な構成成分はいまもむろんわれわれとともにある。かくして、書かれたことば《スクリプタ・マネント》は残るのだ。マスケット銃の弾丸もまた、標的に命中してその標的からえぐり出されたもの、標的にかろうじて命中したがその標的がフェルトをさまよい歩いて最後はよろめき失血して倒れるか、あるいは数週間のうちにゆっくり回復して力を取り戻し鉛をはらみながら生き延びるかして、二度と回収されずに終わったもの、さらに標的には命中せずに地面に当たって地中にめり込むか力尽きて地表に落ちたもの、という具合に彼らが通りすぎた往路と復路のいずれかの側に記念物として残された。

　カミス山脈の峡谷には獲物が豊富だった。コアの砂漠は不毛で、さまざまな危険が待ち受けていた。雨はいっこうに降らなかった。飲み水は地下からの湧水を利用したが、ブッシュマンは蒸発を防ぐために湧水の口に蓋をしていた。砂漠のブッシュマンはいまもその残酷さで知られている。彼らはミガーレという黒い蜘蛛を潰してアマリリス・トクシカリア（ヒフトボル）の汁に混ぜて毒を作った。この毒を塗った矢じりで擦り傷がつけば、それだけで、じわじわと苦しんで死ぬことになった。捕らえられた敵は内臓をえぐり出されて、風変わりなウロボロスの変種さながら自分の内臓を食わされるか、首まで埋められて禿鷹の餌食にされるか、足裏の皮を剝ぎ取られた。クッツェーの遠征隊の安全は進行速度と抜かりない警戒にかかっていたのだ。夜間に旅した彼らは大きな川までの百マイルを五日で踏破した。数頭の牛が死んだ。次にあげるものもまた、彼らが生き延びるための助けとなった。

トリュフの群生（カンブロスの根、テルフェツィア属）、南緯二十九度二十九分、東経十八度二十五分。

野雁（ホンポウ、アフリカオオノガン、バーチェルが発見したとされる）、重さ三十五ポンド、クラーヴェルの銃から雨あられと飛んだ弾丸によって死んだ。悲しむべきことに、この野雁は絶滅の危機に瀕している。

コルハーン（ノドグロショウノガン）、重さ二十ポンド、おなじ銃の（クラーヴェル、でかした！）弾丸によって飛ぶ力を奪われ、夜明けにフェルトを追いまわされたのち（コルハーンがそっちへ行けばクラーヴェルもそっちへ、コルハーンがあっちへ行けばクラーヴェルもあっちへ）首を刎ねられたのは、南緯二十九度二十分、東経十八度二十七分。

炒めた蟻、これはホッテントットだけが食したもので、南緯二十九度十六分、東経十八度二十六分。

というわけで八月二十四日、クッツェーは大きな川（ハリプ川、オレンジ川）に到着した。彼を出迎えた光景は壮観で、水は悠々と力強く流れ、崖にぶつかるすさまじい水音が鳴り響いていた。彼はここで終日休息したかもしれないし、ここを逗留地として柳の木陰（南部アフリカの低木、シダレヤナギではない）を楽しみ、涼しい微風を思い切り吸い込んだかもしれない。ホッテントットたちは焼けつく太陽から避難できたことを喜び、衣服を脱ぎ捨て裸になり、木陰に横たわったり、大胆に流れのなかで泳いだりした。鳩の鳴き声が彼の耳に心地よかった。牛たちは軛《くびき》をはずされ、水辺で水を飲んだ。両岸をおおう樹木（ズヴァルテバスト、カレーハウト）を見て、彼は入植に必要な木材はこれですべてまかなえると思ったかもしれない。流れ下る川にはいたるところに厄介な滝や早瀬があること、また、海岸近くの河口ではひどく荒廃した細長い土地の上に溢れ出ることまでは知らなかった。筏に産物を積んで海まで下りスクーナー帆船を待つという、父の見た夢を彼もまた夢見たのだ。

　彼は自分の発見した川を大きな川と名づけた。一七四三年にドゥスブルグ（オランダ東部の都市）で生まれ、一七九五年にケープタウンで自殺したロベルト・ヤコブ・ゴードンなる人物が、一七七七年に大きな川に到達し、それをオラニエ家（オランダの王家の名、フランス語のオランジュに由来、英名はオレンジ）のために現在の名に命名しなおした。この第二の呼称が残念ながら生き残ってしまったのだ。

　クッツェーの語りで、探検の年代記に属する部分はこれで終わりである。大きな川の北まで行った旅と滞在、そして帰還、ヘンドリック・ホプとともに実行した第二の遠征は事変に満ちてはいるものの、歴史的に見ればたいしたことではない。人間が未来へ突き進むことこそ歴史なのだ。そのほかはどれも路傍の戯れであり、後退であり、夕べに暖炉の火を前にして語られる逸話のたぐいである。

　大きな川を渡ってからクッツェーはリューヴェン川（＝ハウム川）沿いに北東へ向かった。四日間、山がちの地形が続いた。五日目に平らな草地へ出た。大ナマクワの土地だ。

彼はそこの指導者たちと平和裡に交渉して、目的は象を狩ることだけだと納得させ、自分は総督の庇護のもとにやってきたのだと念を押した。この機転の良さによって彼らは気を静め、通行を許可した。温泉のそばに野営し、そこをヴァルムバットと名づけた。いまではその温泉に囲いがつけられてホテルが建っている。ブンセンベルグが視界に入ってきたところで彼は帰路についた。途中でナマクワ人の一行に出会い、北へ十日ほど進めばそこに「彼らがダムロクワと呼ぶ人たちが住んでいる、肌が黄褐色か黄色で、髪は長く、麻布を着ている」と教えられた。

彼は二頭の獣を撃ち殺し、無邪気にもそれをラクダの一種（カミェルペルト、キリン）だと思い込んで、その皮を持ち帰った。

彼が自分の農場へ戻ったのは一七六〇年十月十二日だった。

この途方もない男の実際の姿を、わたしがうまく再現できていれば嬉しい。

註

1　この文書は、喜望峰総督府で政務官によって準備され、E・C・ホデー・モルスベルヘンによって彼の著書のなかで公開された。『オランダ時代の南アフリカ旅行』（ザ・ハーグ、一九一六年）、第一巻、十八～二十二頁。

2　Hero-Herero（ヘロ-ヘレロ）。フォン・トロタ（二十世紀初めのナマクワ大虐殺を指揮したドイツ軍人）が、ヘレロの名は「オヴァ・エレロ（昨日の民）」という表現に由来するとした興味深い考察については、ハインリッヒ・フェッデル著『南西アフリカの原住民』（ケープタウン、一九二八年）、一五五頁を参照。

3　ジョン・バロー著『南部アフリカ内陸への旅』（ロンドン、一八〇一年）、第一巻、一八二～一八四頁。

4　『南アフリカ研究』（ロンドン、一八二八年）、ix頁。

5　ウィリアム・J・バーチェル著『南部アフリカ内陸への旅』（ロンドン、一八二二年）、第一巻、三〇一頁。

6　著者不詳『倫理的堕落をもたらす奴隷制の影響をめぐる所見』（ロンドン、一八二八年）、一〇一頁。

7　H・リヒテンシュタインはこの陰惨な話を、彼の著書『南部アフリカの旅』（一八一一年）のなかに記録している（ケープタウン、一九二八年）、第一巻、一二五頁。

8　レーンデルト・ヤンセンの日記、ハーグ古写本一〇六七番の二（OD一六四八、Ⅱ）。

9　バロー著『旅』、第一巻、一四四、一四八、一五二頁。

10　オルフェルト・ダッペル著『アフリカ地域の正確な描写』（アムステルダム、一六六八年）、七十二頁。

11　ダッペル、八十五頁。

補遺——ヤコブス・クッツェーの証言(一七六〇年)

オランダ領インド特命顧問でありケープ植民地および全保護領等の総督たるライク・トゥルバハ閣下の命令に従い、大ナマクワの土地を旅した自由市民ヤコブス・ヤンソーン・クッツェーによって語られた話は、以下のとおりである。

この話の語り手は、総督閣下の文書による命令によって象狩りを目的とする内陸への旅を許可され、この年の七月十六日、牛車一台と六人のホッテントットを引き連れて、ピケットベルヘンの近くにある彼の住居を出発し、オリファンツ川を渡り、フルーネ川、クース川を越え、ファン・デル・ステル総督が一六八五年に訪れたコッパベルヘンまで旅した。

この話の語り手は、それよりさらに北へ旅を続け、四十日後に大きな川へ到達した。語り手の知るかぎり、いかなるヨーロッパの国民《ネーション》によってもいまだ越えられたことのないその川は、川幅がどこも最低三百フィートから四百フィートはあり、たいがい非常に深く、語り手が越えた箇所にのみ広い砂洲があり、両側にはいわゆる「祖国の葦」がびっしりと生い茂っていた。語り手は、両岸がきらきら光る細かな黄色い土か砂のようなものにおおわれているのを発見し、その美しさゆえに少量を採取して持ち帰った。

先に述べた大きな川を越えてから、語り手はさらに北へ、また別の川に沿って旅を続けたが、その川は幾度か言及された大きな川に流れ込んでおり、あたりに多数のライオンがいたため、彼によってライオン川と名づけられた。語り手はまる四日、前述したライオン川に沿って進むことを余儀なくされたが、五日目にようやく草の茂る平らな土地へ出ると、そこが大ナマクワの土地の始まりであった。大ナマクワ人はかつて大きな川のこちら側で暮らしていたが、二十年ほど前にすでにこの川を渡って向こう側へ移住していた。

かくして大ナマクワ人のところへ到着した語り手がまもなく気づいたのは、こうしてやってきたことが彼らによって疑いの目で見られていないわけではないことであった。彼らは大挙してあらわれ、語り手の到来が少しも喜ばしいものではなく、彼らのなかにあっては身の危険がないわけではないと、いささかのためらいも見せずに告げた。しかし総督閣下からの許可を得たうえで象を狩ることのみを目的としてやってきたこと、他意はまったくないことを知らせ、さらに武器の実演をやって見せると、より平和的な態度をとるようになり、語り手がその土地を通ってさらに北へ遠征の旅を続けることを許可した。それにあたり、大いなる助けとなったのは、語り手が小ナマクワの言語に熟達していたことで、この国民《ネーション》のあいだでも理解されているこの言語のおかげで、みずからの「目的」を理解させることができたのだ、と語り手は主張する。

そこからさらに二日のトレックをしたが、一日目に温泉のそばを停泊所にしておき、二日目に高い山に到達した。この山はほぼ完全に黒い岩でできていたため、語り手によってスウァルトベルグと名づけられた。ここで第二のナマクワ人集団と遭遇したが、彼らは最初の者たちよりも温和な性格で、前記したスウァルトベルグの北へさらに二十日ほど旅をすればダムロクワと彼らが呼ぶ能弁な人たちが住んでいること、肌が黄褐色か黄色で、髪は長く、麻布を着ていることを語り手に教えた。また、つい先ごろダムロクワの特命使節が、目的をもたないため「黒い憂鬱」にとりつかれた召使たちの手にかかって無残な最期を遂げたこと、その召使たちが、語り手が最初に遭遇し逗留したナマクワ人のところへ逃げたことを教え、それゆえナマクワ人には用心し、身の安全をはかるようにと語り手に忠告した。

先に述べた大ナマクワ人に関してさらにいえば、語り手の話のなかでは、その数はたいそう多く、青々とした草地と多くの水流のおかげで良質な牛や羊を豊富に飼っており、彼らの小屋、暮らしぶり、食物、衣服、武器については他のホッテントットと大差ないが、異なるのは羊皮の代わりにジャッカルの皮を着て、身体に脂肪を塗りたくらないことだけで、ほかにはビーズを好み、なかでもとりわけ銅を好むことである。

しかもこの大ナマクワの地には多数のライオンとサイがいるほか、これまで知られていない動物もいて、その動物は象ほどの重さはないが、かなりの背丈があり、その点からしても、あるいは長い首、こぶのある背中、長い脚からしても、本物のラクダではないにしろ、少なくともその一種ではないかと語り手は推測した。この動物は動きが非常にのろくてぎこちなく、あるときなど語り手が追跡して二頭を難なく射止めたこともあった。二頭とも雌で、そのうち一頭は子供を連れていたので、麩《ふすま》と水をやり、十四日ほど生かしておくことができたが、乳や他のふさわしい飼料がなかったために死んでしまい、語り手はその皮を持ち帰った。しかしながらこの皮から成獣の姿を思い浮かべるのは難しい。というのは若獣には斑点があって背中のこぶはないが、成獣には斑点がなく大きなこぶが見られるからである。この獣の肉は、とりわけ若獣の肉は、ナマクワ人にとって極上の美味とされる。

語り手は、先述の大ナマクワの地で巨大な木を発見したとも述べた。木の幹の中心部というか最深部が尋常ならざる深紅の色を帯びており、枝は大きなクローヴァーのような葉と黄色い花をつけている。語り手は、いくつかの未知の銅山のほかにも、大きな川から約四日の旅で、きらきら輝く黄色い鉱石におおわれた山に行き当たり、その鉱石を砕いて小片をここへ持ち帰った。

語り手はかくして、前述したピケットベルヘンにある彼の農場から内陸へ、語り手の計算によればゆうに五十四日の旅をしたが、このあいだに射止めたのは二頭の象のみであるが、幾度もその足跡を目にしていたため、往路とおなじ道をたどって帰路につき、帰路の旅の途中で召使たちに逃げられはしたものの、前述したナマクワ人に妨害されることも、五年前にクース川を渡っていった小ナマクワ人に遭遇することもなかった。

一七六〇年十一月十八日、喜望峰総督府で

政務官に対して語られた。

X

右の印《サイン》は語り手によって筆者のいる前で記された。

顧問官兼書記官、O・M・ベルフ。

立会人、L・ルント、P・L・ル・スイヤー

＊訳文内の「ホッテントット」「ブッシュマン」「部族」「処女地」など、いまでは人種差別、民族差別、性差別とされる語は、作品の舞台である十八世紀から二十世紀にかけてその差別や表現が実在した事実を曖昧にしないために、原文どおりに訳した。

＊オランダ語由来の固有名詞の表記については、「訳者まえがき」によれば、物語本文および「補遺」は十八世紀を舞台にしたオランダ語テクストであるためできるかぎりオランダ語の発音に近い音表記を、「後記」は二十世紀半ばのアフリカーンス語テクストであるため現代アフリカーンス語の音表記に近くなるよう心がけた。

＊一四〇頁のアンゲルス・シレジウスの詩は『シレジウス瞑想詩集』（植田重雄・加藤智見訳、岩波文庫）を参照した。

＊本文内の割註は訳者註。

J・M・クッツェーと終わりなき自問

くぼたのぞみ

J・M・クッツェーの初作、*Dusklands*（1974）の新訳をおとどけする。「ありふれた比較を寄せつけない、そんなカテゴリーに入れたくなる重厚な深みをもった作家」（サンデー・タイムズ）の衝撃のデビュー作だ。「ヴェトナム計画」と「ヤコブス・クッツェーの物語《ナラティヴ》」から成る作品の舞台は、アメリカ合州国／ヴェトナムと南部アフリカだが、およそ二百年の隔たりをもつふたつの物語は細部で微妙に響き合いながら「われわれの歴史的現在」に鋭い光を投げかけてくるだろう。

作家J・M・クッツェーの誕生

一九七〇年一月一日、あとひと月ほどで三十歳になるジョン・クッツェーはオーバーコートとブーツに身を包んで、当時住んでいたバッファローの借家の半地下へ降りていった。三十歳がタイムリミットだ、千ワード書きあげないうちは絶対にここから出ない、そう決意して机に向かい、書きはじめたのが『ダスクランズ』の後半だった。南アフリカ出身の白人としての過去を封じ込めて、アメリカ社会で生きていくためのプロジェクトは、こうしてその口火が切られた。

デビュー作にはその作家のすべてが出るといわれるが、J・M・クッツェーの場合も例外ではない。この年の三月に起きたある事件のために滞在ヴィザの取得がかなわず、翌年五月にやむなく帰国の途についたとき、「ヤコブス・クッツェーの物語」の草稿はほぼできあがっていた。帰国後に仕あげて英米の出版社やエージェントに送ったがなしのつぶて、南アフリカ国内の名だたる出版社に持ちかけたがそれも不首尾に終わった。そこで「ヴェトナム計画」を書き足した。同僚の強い推薦が功を奏したのか、ヨハネスブルグにできたばかりの反骨精神に富む小出版社レイバン・プレスからついに出版されたのは一九七四年のことだ(イギリスでの出版は八二年、アメリカでは八五年)。こうして南アフリカという「世界の辺境」からJ・M・クッツェーは作家として名のりをあげた。

それにしても「夕暮れ・黄昏《たそがれ》の地」を意味するタイトルの作品にのっけから「ぼくの名前はユージン・ドーンだ」と出てくるのだから面喰らう。「ドーン」は詩語として「薄明《ドーン》」の意もあるが、一般的には「夜明け」のことで、夕暮れ《ダスク》の土地に夜明けなる人物がいきなり顔を出すとはアイロニカルな組み合わせではないか。それだけでどこか悪戯っぽいパロディが立ちあがってきそうな予感に包まれる。

『ダスクランズ』がシュペングラーの『西洋の没落』にもとづく一種のパロディだというのは定説だが、タイトルと主人公の名はW・E・B・デュヴォイスの『夜明けの薄明/*Dusk of Dawn*』をも連想させる。タイトルや登場人物の名について「シリアスなコメディ」をめざす若い作家はずいぶん頭をひねったのだろう。とにもかくにも、この『ダスクランズ』で青年ジョン・クッツェーは作家J・M・クッツェーになったのだ。

四人のクッツェー

『ダスクランズ』には総勢四人のクッツェーが登場する。一人目は「ヴェトナム計画」の主人公ドーンの上司。二人目が「ヤコブス・クッツェーの物語《ナラティヴ》」の語り手で、十八世紀に象狩りに出かけた農場主ヤコブス。三人目はその「物語」を使ってステレンボッシュ大学で講義をし、序文をつけて書籍化した歴史学者。最後に登場するのが訳者J・M・クッツェーだ。上司クッツェーは影が薄い。この人物は「二十代にコンピュータ・サイエンスによるテクスト分析に明け暮れたジョン・クッツェーが自分の内部から追い払おうとした分身」と指摘するのはクッツェー研究の第一人者デイヴィッド・アトウェルである。一方、第二部のワイルドなヤコブスは迫力満点だ。歴史学者S・J・クッツェーの修正主義的思想傾向もその文章からリアルに立ちあがってくる。だがなんといっても訳者J・M・クッツェーが本書の作者というところが曲者だ。

重層的なテクストの襞に作者のファミリーネームが何重にも組み込まれ、各テクストと作者の境界にぼかしが入る。そんな作品内の登場人物と著者の関係について、これから出版しようとするレイバン社の編集者ピーター・ランドールから質問が出た。このとき作者クッツェーは「作品についての説明」をしぶり、手紙で「わたしの家族的背景についていうなら、わたしは一万人のクッツェーの一人」であり「なにかいえるとしたらヤコブス・クッツェーがその一万人の先祖であることだけでしょうか」と答えた。

こんな応答も、いまなら鋭く大胆な挑戦を内包するものと理解できるが、旧態然としたリアリズム文学が主流の南アフリカ出版界では不可解きわまりないものと受けとめられた。

ひょっとすると初めてクッツェー作品を読む人のなかにも、Ｓ・Ｊ・クッツェーは作者の父親かと思う人がいるかもしれないので、あらかじめ断っておくと、Ｓ・Ｊ・クッツェーなる人物は完全なフィクションで、これについては作家自身が自伝的三部作の最終巻『サマータイム』で「でっちあげ」だと明かしている。また、一九五一年に書籍化したという本も実在しない。しかし、十八世紀にナマクワの地を探検した人物をめぐる古文書は実在した。クッツェーは一九六五年からテキサス大学オースティン校に在籍し、サミュエル・ベケットの文体研究によって博士号を取得している。この大学付属の資料館で南西アフリカの歴史に関する書物を読みあさっているとき、偶然その文書の存在を知り、バッファローに移ってから大幅に書き換えて自作内で使ったのだ。また、ヤコブス・クッツェーなる人物が、直系ではないが、作家の系譜内に実在することもわかっている。「クッツェー作品とは、フィクション化された自伝にもとづく巨大な実存的試みなのだ。この試みのなかで自伝と印されたテクストはフィクションと印されたテクストと一連のものであり、フィクション化の度合いが異なるだけ」とケープタウン大学大学院でクッツェーの指導を受けたアトウェルは言い切る。

クッツェーはのちに、だれの目にも自伝的作品とわかる『少年時代』や『青年時代』を発表するが、初作『ダスクランズ』からすでに自伝とフィクションが混じり合った作品を書いていたといえるだろう。「ヴェトナム計画」に出てくる「ケネディ研究所の職場も灰色だ。灰色の机に蛍光灯、一九五〇年代の機能主義」というのはロンドン時代にコンピュータプログラマーとして働いた経験に裏打ちされているし、「東から昇る太陽に顔を向けながら、身を切るような悲嘆のなかで……ぼくのルーツは夕暮れの土地にある」という表現には、生地から離れてみずからのオリジンを探る作家の姿が透かし見える。クッツェーは自分の「歴史的ルーツ」と「同時代的な現在」を見出すことを作家としての出発点としたのだろう。

歴史の哲学

青年期にロンドン、オースティン、バッファローと移り住むなかで、クッツェーは自分が生まれ育った土地の歴史を外部から批判する視点をやしなった。学校で教えられた歴史はオランダ系植民者の目で見た南アフリカという土地の「輝かしい」開拓史であり、未開の先住民に文明をもたらすキリスト教徒（カルヴァン派）の歴史だった。神に選ばれた民族として新天地へ赴き、額に汗しながら築きあげた民族の歴史を少年ジョンは教えられた。しかしそんな歴史観の「人種」をめぐる嘘も、混血である「カラードの父は白人なのだ。ヤン・ファン・リーベックたちがホッテントットに産ませたのだから」と『少年時代』に書いたように、あるいは見抜いていたのかもしれない。徴兵が目前に迫り、逃げるようにイギリスに渡った二十代前半、自分には決定的に何かが欠けているという植民地出身者の気おくれとたたかいながら詩人になることをめざすジョンは、生まれ育った土地のことを徹底的に再考する。

『青年時代』で、二十代のジョンは英国博物館でバーチェルの『旅行記』に読みふけり、彼の「本に匹敵するほど説得力のある本を書き、それをこの、すべての図書館を定義づける図書館に所蔵させたい」という野心を吐露する。やがて結婚してアメリカに留学し、三十歳を目前にして「ヤコブス・クッツェーの物語」を書きはじめるが、窮屈なイギリスではなく、南アフリカとおなじヨーロッパ人の旧植民地でありながら相対的に開放的なアメリカで、彼は書くことができたようだ。テキサス大学の古文書館で十八世紀南西アフリカを探検した人物の記録を発見したことも背中を押した。まずは「歴史の哲学」を。それが作家として出発するクッツェーの最重要課題となった。

『ダスクランズ』の入り組んだ構造を解きほぐすとその方法論が見えてくる。「ヤコブス・クッツェーの物語」では、まず十八世紀南部アフリカの農場生活がどのようなものであったかが語られる。先住民との関係が象狩りの旅をめぐる冒険物語のなかに描かれ、その物語を巧妙に書き換えて自民族の歴史内に位置づける歴史学者の「後記」が置かれる。当時のアパルトヘイト政権の歴史観を補強する文章である。

一九四八年、長いあいだ後発のイギリス勢力に圧迫されてきたオランダ系白人アフリカーナを支持母体とする国民党が政権につき、人種隔離政策が強化されていった。「ステレンボッシュ大学で一九三四年から四八年にかけて毎年」歴史の講義に用いられたテクスト（物語本文）がアパルトヘイト政権誕生の三年後に書籍化されたとすることで、植民者の非道な冒険物語を「歴史上の先駆的行為」として位置づける時代の趨勢を示したのだ。注意したいのは、本文、後記、証言を配置しなおし、改訳したことにし、註をつけることで、作品内に当時の南アフリカの公的歴史に対する大きな疑問符を埋め込んだことである。そこで使われる固有名詞が現実の歴史的事実を強く連想させることも大きな特徴だ。「訳者まえがき」のファン・プレッテンベルグ協会は実在するファン・リーベック協会のあからさまなパロディだし、「後記」でヤコブスの農場があったとされるピケットベルグ付近のアウローラはクッツェーの父方祖父の生地名と重なる。それは、南部アフリカの歴史を書きながらそこから自分を切り離すのは責任回避だ、とするこの作家のスタンスを示す細部である。

テクストを注意深く比較するだけで見えてくることもある。まずヤコブスが語る「物語」と「証言」では旅の報告内容が大きく異なる。細部も食い違う。「本文」にあるように出発が一七六〇年七月十六日ころで帰還が十月十二日とすると、旅の長さは三カ月弱だが、「証言」では「ゆうに五十四日の旅」とある。ヤコブスが発見したのは温泉でヴァルムバットと名づけたと「後記」にあるが、「証言」では黒い岩をスウァルトベルグと名づけたとある。スウァルトベルグとは現在のウェスタン・ケープ州の南東にある山脈で（『マイケル・K』の主人公が洞穴に隠れ住む山）ナマクワの土地にはない。これらは「証言」のずさんさを示す例だろう。同様に、ダムロクワと呼ばれる髪の長い人たちが住んでいるのは「後記」には北へ「二十日」ほど旅したところとあるが「証言」では「十日」となっている。その話を「真に受けて」ヘンドリック・ホプ大尉率いる実りなき第二の遠征でナマクワの村が一掃されたのに、歴史学者の「後記」では「愚にもつかぬ話」で「歴史的に見ればたいしたことではない」と消去され、「人間が未来へ突き進むことこそ歴史」だとしてヤコブス・クッツェーの「偉大さ」が言挙げされる。

そこに透かし見えるのは記憶と記録のずれであり、歴史とは生き延びた強者によって選ばれた出来事が語られ、さらに細部が書き換えられて、自集団の誉れ高い物語として修正、改竄される事実である。激流に飲まれたクラーヴェルがいつのまにか旅の道連れに戻っていて読者を混乱させたりもする。おまけに「証言」の最後に記される「X」が、ヤコブス・クッツェーが読み書きのできない人間だったことを明かして読者を驚愕させる。こんなふうに読み解かれるべき「歴史の嘘」が重層的に埋め込まれたクッツェーのデビュー作は、南アフリカの過酷な検閲制度下で出版された。（発禁本をもっているだけで逮捕された時代に、クッツェー作品でもっとも厳しい検閲を受けたのは、三年後に出版された次作『その国の奥で／*In the Heart of the Country*』だったが。）

もちろんケープ植民地と南西アフリカを舞台にした「物語」の内実は、オランダやイギリスにかぎらずポルトガル、ドイツ、スウェーデン、フランスなど、広くヨーロッパ諸国の民族学者や言語学者の旅行記とも響き合う。そこまで視野におさめて、六〇年代構造主義言語学の申し子を自認するクッツェーは、「解体と脱構築」の方法を縦横に駆使しながら最初の作品を書いた。そこに作家としての出発点と意気込みが滲み出ている。

内なる暴力と終わりなき自問

「ヴェトナム計画」にしろ「ヤコブス・クッツェーの物語」にしろ、この初作には暴力的なシーンやエピソードが多出する。クッツェーがまず選んだテーマは暴力だといいたくなるのはそのためだ。大航海時代にさかのぼるヨーロッパ列強の植民地主義的領土拡大の動きが、過去から現在にいたるまで、土地と住民にふるってきた暴力である。オーストラリア移住前のクッツェー作品は舞台が南アフリカとそれ以外の土地を、架空の土地も含めてジグザグに移動するが、どの作品にも通底するのは帝国が長きにわたって築きあげた制度内で血を流しつづける歴史の爪痕だ。

「ヤコブス・クッツェーの物語」は南西アフリカに広がるナマクワの土地で、十八世紀に一人のオランダ系移民がふるった途轍もない暴力の内実を詳細に描き出す。先住民への生々しい暴力行為と、女を完全にモノとして扱う男の欲望と心理が執拗に分析され言語化される。一方、あとから書き足された「ヴェトナム計画」は、一九七〇年前後のアメリカ合州国を舞台に、国防総省からの要請で、泥沼化するヴェトナム戦争の神話作戦計画を立案する自意識過剰のエリート青年が、上司との関係で神経をすり減らし、妻に対する猜疑心をつのらせて、子供を連れて逃亡し、ついには精神崩壊にいたる物語である。

「相互の関連はゆるやか」とクッツェーはいうが、いやいやどうして、東アジアの現在からながめやれば緊密な関連性が透けて見える。むしろ黄昏《たそが》れるふたつの土地の細部は、とめどなく響き合っているようにさえ思える。そこに立ちあがってくるのは、二十世紀後半にヴェトナム侵略戦争にかかわる人間の病んだ心理と、十八世紀南西アフリカで先住民を虐殺する植民者の天上天下唯我独尊の精神構造の類似性だ。これが発表当時はまことに謎めいて見えた。注目したいのはそれを書いているときの作者の位置だ。南西アフリカの歴史物語を書くクッツェーはニューヨーク州バッファローの貸家の半地下にいた。作品末に一九七二〜七三年とある「ヴェトナム計画」を書きはじめたのは、すでに南アフリカに帰国して一年(ヴェトナム戦争はまだ終わっていない)、妻と幼い二人の子供と電気もガスもない農場マライスダルに滞在したり、ケープタウン大学に職をえて郊外を転々と移り住んでいたころである。

ここから見えてくるのは、生活の内部にシステム化された暴力を、暴力として認識し批判的に描き出すには、そこから一定の距離や時間を置く必要があるということだろう。植民地主義の暴力と向き合い、それを可視化することに腐心したクッツェーにとって、それは後年

『サマータイム』で明かされたように、彼自身の内部に巣喰っていた暴力を外部へさらす作業でもあったのだ。

第一部「ヴェトナム計画」のユージン・ドーンが鞄のなかに秘かに忍ばせている写真の数々は、国防省の下請け仕事をするシンクタンクの青白きインテリ男のグロテスクな性的嗜好を描き出す。斬った首をトロフィーのようにぶらさげる米兵、子供かと見紛うヴェトナム女性を得意げにペニスで持ちあげる元ラインバッカーの巨漢米兵、そして捕虜収容所内を撮影した動画。ここからはヴェトナムの戦場ではなく合州国内にいて、映像を見ることによってそれを消費する人種主義の嗜虐性も浮上する。

第二部「ヤコブス・クッツェーの物語」では、十八世紀の南アフリカでの先住民と植民者のほとんど区別のつかない暮らしぶり、奴隷制と主従関係の内実が概説される。ナマクワへ象狩りに出かける旅では、植民者に内面化された（ヤコブス自身にとっては当然の）暴力と、土地と人間や動物の関係が克明に描き出される。グリクワ兵をともなう第二の旅では、復讐に燃えるヤコブスが自分に背いた召使を残虐なやり方で一人ひとり殺していく。その冷徹かつ詳細な描写には背筋が凍るほどだ。ちなみにグリクワとは解放奴隷アダム・コックを祖とする多様なオリジンの人たちの集団で、アフリカーンス語を使い、宗教や生活様式はアフリカーナに近かった。物語の最初にアダム、バスタルト、トレックとグリクワのキーワードがならんでいるのも要注意だ。（この民族についてはゾーイ・ウィカムの『デイヴィッドの物語』に詳しい。）さらに「後記」には歴史学者の見解として、奴隷女に産ませる奴隷の質を維持するために種つけ用の荒っぽいスコットランド男を扶養と明記、当時のオランダとアメリカ合州国との人口増加（減少）をめぐる「政策」の数値の比較まで書き込まれる。

高熱に浮かされたヤコブスの「瞑想」がまた迫力に満ちている。彼は「文明と野蛮」を峻別するのは銃の有無だと考える。同心円空間内で野蛮人と対峙する夢想場面には「銃を携えて出発し、ブスマン川の乾いた河床を獲物を求めて進む早朝ほど、生きていると強烈に感じることはない」と『少年時代』に書いた作者の経験が投げ込まれる。復讐心に燃えて先住民を殺戮していくヤコブスの意識を、その正当化のプロセスを、あますところなく描き出そうとするクッツェーは、ヤコブスに「野蛮とは人命の尊厳に対する蔑みと、他者の苦痛に対する官能的喜びにもとづいた生き方だ」と語らせるが、「野蛮人」とされるホッテントットに介護されて生き延びた白人が自問しながら述べるこの論理の矢は、即座に、野蛮とはホッテントットではなく白人入植者ではないかという疑念を生み出し、その論理の矢はそのまま「ヴェトナム計画」のアメリカ人とヴェトナム人の関係をも照射する。

人がこれほど残虐になれることを克明に描くためには、当然その「悪」を描き分け、読者の目にさらす方法論が必要となる。そこでは善悪の混交する人間の内部に入り込み、悪を悪として浮上させる明晰な文章と強靱な倫理性が書き手のなかに担保されなければならない。行間にカウンターヴォイスを響かせながら悪を映し出す鏡像を埋め込むための、身を切るような省察もまた不可欠だ。綱渡りのようにそれを可能にしているのが自己検証と、「登場人物の自分が自分に向かって自分を無限に読み解く」終わりなき自問だ。その結果、作品はどれも深い倫理思想に貫かれることになる。

瞠目するのは、その思想が前面にしゃしゃり出ることなく、作品の奥深く埋め込まれていることだ。物語の展開に気を取られてテンポのいい文章に乗って読みすすみ、気がつくと後戻りできないところへ連れていかれてしまう、恐ろしいまでの力である。そのための装置が「終わりなき対話」を含む端正でしなやかな文体なのだが、これは最初から獲得されていたわけではなく、作品を書き継ぐ過程で鍛え抜かれていったものだ。まだごつごつした文体の『ダスクランズ』を書くプロジェクトが「嘘」と名づけられていたことも興味深い。詩人になることをひたすらめざしていたクッツェーが、散文への移行を決意したとき認識したのは、散文とは、ストーリーテリングとは、「語る」ことであり「騙る」ことだという事実だったのだろうか。

のちにクッツェーは『サマータイム』で、人間のもつ途轍もない悪を実行者の内側から描き出そうとする当時の切迫した志向を、ジュリアという登場人物にこう分析させている。

一つの作品として『ダスクランズ』を見るとき、情熱が不足しているというつもりはありませんが、その背後にある情熱は曖昧です。わたしはそれを残虐性についての本として、征服の諸形態にまつわる残虐性を暴露する本として読みました。しかしその残虐性の具体的な出所はどこにあったか？　いまとなって見れば、その出所は作者自身に内在するものだったと思えるのです。この本についてわたしに提示できる最良の解釈は、それを書くことが自己管理されたセラピーとなるプロジェクトだったということです。それは私たちの時代、彼とわたしがともに生きた時代に、一定の光を投げかけることになります。

作中でジョン・クッツェーと不倫関係にあったジュリアは東ヨーロッパからの移民第二世代で、その後、精神分析医になった人だ。暴力が内在する制度内で育つと、人はその暴力性を当然のものとして内面化する。植民地主義が実行した暴力——先住民の虐殺、土地の収奪、植民地での奴隷労働をもとにした農場経営や商業行為による莫大な収益、本国へ流れて代々継承される資産——を発展させた形式が二十世紀後半になっても、人種差別にもとづくあからさまな搾取制度として残っていた。それがまずオランダの、後年はイギリスの植民地だった南アフリカの「分離して発展する」ことを是としたアパルトヘイト制度である。白人人口が少なくヨーロッパからの移民を積極的に推奨したその社会内で人生の大半をすごした作家が、自分のなかに無意識に染み込んでいる暴力性を、書くことで検証しようとした。その過程を、オーストラリアへ移住したのち作中人物に「セラピー」と呼ばせた。これはクッツェー自身の腹話術的な分析と考えていいだろう。

どんな人間も生まれながらに残酷な者はいない——動物の生命に深い関心を寄せるクッツェーはそう述べる。どこかで、いつのときか、残酷な態度を身につけて、それを問うことを放棄してしまうのだ。『ダスクランズ』を発表した年に、穏やか《ジェントル》な人間になる自己改造プロジェクトの一環としてヴェジタリアンになり、自分の内なる暴力性を「書くこと」の内部に封じ込めた。暴力の解毒剤をもとめる旅、それがこの作家の旅だったのかもしれない。

ヤコブス・クッツェーの生きた時代は十八世紀だが、復讐の第二の旅で行なわれた、村に火を放ち、自分を見捨てた召使である奴隷を虐殺する物語はヴェトナム戦争のソンミ村虐殺事件を連想させる。しかしこの物語は、ナマクワの土地で二十世紀初頭に起きたある歴史的事件とも密接に結びつくのだ。一九〇四年から〇八年にかけて、当時ドイツ領だった南西アフリカ（現ナミビア）でヘレロ民族がドイツ軍によって計画的に虐殺された事件である。ここからアウシュヴィッツまでは一直線だった。その関連が本書では「後記」の「註２」に明示されているが、クッツェー自身は二〇一五年八月にケープタウン大学の公開講座で「ナミビアにおけるドイツ軍征服に対する抵抗――ヘンドリック・ヴィットボーイの手紙」という講義をしている。ヘレロの虐殺に抗する先住民指揮者ヴィットボーイの手紙を朗読しながら、戦争に対する当時のアフリカ人とヨーロッパ人の概念の差異を際立たせ、虐殺がどのようなものであったかを詳細に語ったのだ（ネットに音声有り）。それはオーストラリアへ移民したとき、自分は南アフリカからそれほど離れたわけではない、と述べた作家が南アフリカの人たちに自分の生地の歴史を伝える講義だった。

デビュー作から最新作へ

アルジェリア独立戦争への対応に追われるフランスがインドシナから手を引いたあと、アメリカ合州国がそれを受け継ぎヴェトナム戦争に深入りしていったのは一九五〇年代半ばだった。「ヴェトナム計画」には当時のアメリカ社会と緊密に結びつく名前が数多く登場する。ケネディ研究所、トルーマン・ライブラリー、マリリン、ＰＲＯＰ‐12、ヘストンなど。ケネディもトルーマンもヴェトナム戦争に深くかかわったアメリカの大統領だし、マリリンとなればもちろんそのケネディとのスキャンダルでも話題になったハリウッドのセックスシンボル、マリリン・モンローを想起しない人はいないだろう。また「ＭＩＴ出身の青二才たち《ボーイズ》」は、ヴェトナム戦争を痛烈に批判した言語学者ノーム・チョムスキーが戦略研究機関のエリートたちを「バックルーム・ボーイズ」と呼んだことを思わせる。PROP-12とは沖縄の基地から飛び立った米軍機がヴェトナムに投下し、森林を焼き払い、土地と人を含む生態系に（噴霧した米兵にも）深い傷跡を残しつづけている枯葉剤のことだ。地名として使われるヘストンは俳優名だし、父と子が狂人《ロコ》モーテルに泊まる設定はご愛嬌である。アジア人を手なずける心理作戦の内容からは、太平洋戦争と日本の戦後処理のために、あるいはアフガニスタン、イラク等をめぐっても、このような戦略機関が設けられていたことは容易に想像がつく。

さて、その「青二才たち」の一人、みずからの幼児性を払拭できないユージン・ドーンが、自分の身体機能をめぐって心理学的分析をまじえながら詳述する視線は、『夷狄を待ちながら』の初老の行政官の性と欲望の物語へとつながり、二十年後には『恥辱』のデイヴィッド・ルーリーの物語へと発展する。もちろん作品が書かれた時代や文脈の差はあるが、性をめぐるダークな笑いはこのデビュー作からクッツェーにとってきわめて重要なモチーフであったことが確認できる。また、身振りと心理をめぐる自己分析や、妻マリリンが受けているカウンセリングへの嫉妬と嫌悪が、心理学や精神分析から作家が受けた強い影響とそれへの批判をも匂わせる。

第一部は「いったいだれの落ち度がぼくなのか」という叫びのような問いで終わるが、切羽詰まったこの問いはみずからのアイデンティティを現実のなかに探る旅の始まりと読めるだろう。だが、注目すべきはその問いが「自分はだれか」ではなく「だれの落ち度がぼくなのか」だ。アトウェルが指摘するように、そこには「自分のオリジンに対する怒りと、そのオリジンが彼に割り当てた役割に対する怒り」がこもっているのだ。

　この怒りをユージン・ドーンの女性バージョンとして受け継ぐのが第二作『その国の奥で』のマグダだ。そこでは南アフリカの人里離れた農場に暮らしながら暗い妄想にとりつかれる孤絶した人間の心理がモンタージュ技法で刻まれていく。また「ヤコブス・クッツェーの物語」の「透視／侵入／貫通の行為のためには碧眼が必要」という強烈な人物造形は、第三作『夷狄を待ちながら』で帝国から辺境に派遣される「碧眼の」若きマンデル准尉へと受け継がれる。

　しかし、なんといっても主人公が五歳の息子マーティンを連れて逃避行する部分が圧巻だ。ここには警察がモーテルにやってきて追い詰められ、錯乱し、息子の皮膚にフルーツナイフを突き刺す父親がいるのだ。父と息子の物語は『ペテルブルグの文豪』を経てのちの「イエスの連作」へと続くが、「ヴェトナム計画」と『イエスの幼子時代』に「五歳の男の子」という補助線を引くと見えてくるものがある。職場でアジア人を屈服させる心理作戦計画を練るも評価されず、逃亡のはてに精神のバランスを崩して息子の生命を危うくする若い父親を描いた作家は、現実世界では、南アフリカの抑圧的教育制度内で不登校に苦しみ、激動する社会で二十三歳を目前に他界した息子の親でもあった。「ヴェトナム計画」を書きはじめたころ五歳だった息子ニコラスを、クッツェーは一九八九年に失っている。その体験を彼はドストエフスキーを主人公とする『ペテルブルグの文豪』に結晶させた。それは死んだ義理の息子の死因と状況を調べずにはいられない父親の物語だった。

七〇年代初めに米国から帰国したクッツェー一家は、新しいスタイルの家族をめざして、南アの白人家庭には当然のように雇われたメイドや庭師なしで暮らしたという。安価な労働力を搾取せずに自力でなんでもやるという生き方は、『サマータイム』で独身者ジョンが廃屋のような家の壁をみずから修理する姿にも描かれている。

クッツェーはポスト・アパルトヘイト社会を舞台にした「究極の植民地的ホラーファンタジー」である『恥辱』を書きあげて、ある決着をつけたらしい。それはオーストラリア移住後に暮らしぶりや作風を大きく変えたことにもあらわれている。社交的になりガーデニングに凝り、作品のメタフィクション性をそのまま放置するようになったのだ。物語をメビウスの輪のようにつなぐ『遅い男』や三段構成のポリフォニックな『厄年日記』は、肩の力を抜いてシリアスなテーマを扱う理知的な笑いに満ちている。さらに最近の「イエスの連作」には、自分は家庭生活に不向きだとしながらも離婚後二人の子供を育てた体験を再検証する思考や疑問が滲み出ている。これだけは書いておきたいという切迫感に突き動かされて書いているようで、切ない。

『イエスの幼子時代』は、記憶を洗い流されていずことも知れぬ土地へたどり着いた初老の男が五歳の男の子の保護者として、リンボ的空間で擬似的な父子の関係をはぐくむ物語だ。その続編『イエスの学校時代』では社会や学校の管理圧力から子供を守りながら、子供からのはてしない問いかけに忍耐強く応答しようとする男の報われない努力が描かれる。登場人物の名前や設定は二〇〇七年の『厄年日記』の最終部とみごとにつながる。「ダンスと音楽」に特化した学校に子供をあずけることにした男はやがて、信奉する「理性」と肉体や感覚に強く働きかける「情熱」との競合で白旗を掲げ、みずからダンスのレッスンを受けようとする。そして物語は夕暮れに一番星がまたたく場面で終わるのだ。この連作は、自伝的脈絡で読むと、聖書の世界を世俗化しながら作家が子育てを徹底的に再考しようとする贖罪のように読める。噂されるシリーズの三作目はどんなものになるのだろう。

ちなみに一巻になった自伝的三部作と『イエスの幼子時代』は、二〇一〇年一月に他界した作家の弟デイヴィッド・キース・クッツェーの思い出に捧げられている。

翻訳されて生まれてきた——born translated

クッツェーが最初に書いた本書第二部はある種の「翻訳」だった。「物語」本文はオランダ語からの、学者の「後記」はアフリカーンス語からの、補遺の証言文書もオランダ語からの英訳という設定だ。

それから約四十年後に書いている現在の「イエスの連作」も「翻訳」である。学習されたスペイン語社会で展開される物語の英訳という設定は、晩年のクッツェーがデビュー作の形式へ発展的に回帰したと考えるべきだろうか。いやむしろ、『ヒア・アンド・ナウ』で作家自身が吐露したように「たったひとつの自分のものではない言語」である英語で書いてはきたものの、常に英語以前のなにかを翻訳しながら書いてきたというべきかもしれない。

クッツェーが生まれ育った社会は英語、アフリカーンス語、コーサ語やズールー語といったバンツー諸語などが混在する多言語社会で（英語を第一言語とする者の数は四番目）、人々はそれぞれの母語を日常的に翻訳したり翻訳されたり、言語間の切り替えをしながら暮らしている。彼自身アフリカーンス語とのバイリンガルで、父母や祖父母もそうだった。しかしアパルトヘイト制度下でアフリカーンス語でのみ教育された従兄弟姉妹からは英語が失われていったという。他（多）言語を獲得するプロセスには常に経済的、社会的、政治的な要因が絡んでくる。移民社会を舞台とした作品はどれも「生まれながらの翻訳」といえなくもない。最新作でクッツェーはそれを明らかにしたかったのだろうか。

クッツェー作品は削りに削った無駄のない文体を特徴とするが、そのシンプルな文体はこの衝撃的なデビュー作にはまだ見られない。専門用語や抽象名詞がならび、長々と付属部がついたり、確率を示す数式まで出てくる。アトウェルもいうようにまだクッツェー独自の美しい文体は完成していない。これから起きると予想される場面が主人公の脳内でモンタージュふうに炸裂する散文詩的表現など、書き手が詩人をめざした時期からまだ遠くなかったことを思わせる箇所もある。そんな原文の持ち味をできるだけ活かしながら読みやすい訳を心がけた。

小説で描くのはあくまで「個人」だとするクッツェーは、アパルトヘイト体制の瓦解が視野に入ったころに企画され、一九九二年に出版されたエッセイ集『ダブリング・ザ・ポイント』で、めずらしく自作について率直に語っている。「技術的特徴として力点が置かれているのは、二作目『その国の奥で』がモンタージュ的カッティング、『夷狄を待ちながら』は社会的環境、『マイケル・K』は語りのペース、『敵あるいはフォー』がヴォイス」だと述べているが、その後の『鉄の時代』にも『ペテルブルグの文豪』にもオーストラリア小説にはない強力な粘りがある。その奥には「真実を述べたい」という、告白への強い衝動が秘められているように思える。南ア時代最後の小説『恥辱』では内容の苛烈さとは裏腹に文章は一気にスピードを増した。一方、オーストラリアへ移住してからの作品はじつに軽やかだ。ノーベル文学賞受賞時のデフォーを下敷きにしたアレゴリカルな記念講演「彼とその従者」の最終部分が暗示するように、クッツェーはこの時点で、メタフィクション内に強烈なリアリティを入れ込む「読者サービス」に別れを告げたらしい。『遅い男』以降はさらさらと読ませながら「シリアスな笑い」をふんだんにちりばめ、哲学的、観念的自問小説の色合いが濃くなった。それでも端正な文と文のすきまから自伝的要素がぷつりぷつりと浮上する。そんな箇所に出くわすと読者は、それと知らずにぐいっと感情を引き寄せられるはずだ。

大いに注目したいのはここ数年のクッツェーの新たな活動である。南部アフリカ、オーストラリアとニュージーランド、ラテンアメリカ諸国を横につなぐ「南の文学」構想を立ちあげて、「北」のメトロポリス中心の文芸出版活動に疑問を突きつけているのだ。「世界文学」とは「北の大都市以外のところから出てくる文学を指す婉曲語法」であり、その概念そのものに抵抗しなければならないと主張して、二〇一五年から三年間、ブエノスアイレスのサンマルティン大学で年に二度、地球の「南」から多彩な作家、編集者、ジャーナリスト、映画監督などを招いて連続講義を開き、英語圏ではなくスペイン語圏で若手作家を育てているのだ。まるで彼が愛する『ドン・キホーテ』のように。

新たな文脈で

本作の初訳は一九九四年にスリーエーネットワークから「アフリカ文学叢書」の一冊とし

て出版された。ちょうど南アフリカ初の全人種参加による総選挙が実施され、半世紀続いたアパルトヘイト体制が撤廃された年である。日本語訳のクッツェー作品としては『マイケル・K』『夷狄を待ちながら』『フォー』についで四作目だった。インターネットなどない時代に、作品理解を助ける丁寧な解説や訳註などを付した訳者、解説者の努力に敬意を表したい。新訳のために参照させていただいた。

ときは移り、世界中でクッツェー作品が多言語に訳され、読まれ、その全容を俯瞰できる時代になった。二〇〇九年には『サマータイム』が出版されて自伝的三部作が完結し、作家と作品の絡み合った関係も明らかになった。三部作完結の翌年、作家自身がテキサス州のランサム・センターにそれまでの草稿、原稿、私文書を含む記録類の管理を委譲してからは、作品が立ちあがるプロセスにだれもがアクセスできるようになり、異なるバージョンや、クッツェー自身が書いたメモ、ノート、手紙類から成る「クッツェー・ペーパー」を調べることで作品の生成過程が白日にさらされる時代を迎えている。

作家のはからいでいち早くその「クッツェー・ペーパー」を読んだアフリカーンス語の伝記作家J・C・カンネメイヤーによる浩瀚な伝記 *J.M. Coetzee: A Life in Writing* が二〇一二年に出版され、その三年後にはデイヴィッド・アトウェルによる作品論的伝記 *J.M. Coetzee and the Life of Writing* も出版された。こうして明らかになった『ダスクランズ』発表時の事情や刊行にいたる経緯、この作品を書いていたころを扱った『サマータイム』などを読み合わせると、まるで作家として出発した時期にもっと注目してほしいとクッツェー自身がいっているように思えてならない。そこからは自伝とフィクションの境界を消したいというこの作家の願望も響いてくる。時代的にも地理的にも広いパースペクティヴのなかでこの作家の「始まり」を考える時期がきたのだろう。

初訳が出たころの日本社会は、一九八九年末にバブルがはじけたとはいえまだその余韻のなかにあった。クッツェーはまずポストモダンの手法を駆使するしかけに満ちた作家として注目され、『フォー』がデフォーとの絡みで話題になったと記憶している。もちろんクッツェーはしかけに長けた作家である。ロラン・バルトやジャック・デリダの影響を強く受けて、西欧古典を解体して新たな作品を構築する作風は、メタフィクションやポストモダンといったキーワード、文学理論で論じる格好の対象だっただろう。だが作品の構造や寓意性は論じられても、その背後にある土地と人間、歴史的背景の内実にまで理解はおよんでいただろうか。「(南)アフリカの作家」として囲い込まれることをクッツェー自身が忌避したこともあり議論は迷走した。その辺の事情は自伝的三部作『サマータイム、青年時代、少年時代——辺境からの三つの〈自伝〉』の解説に書いたが、この作家が「アフリカ」や「南アフリカ」というレッテルを貼られるのを嫌ったのは、いまにして思えば、いわゆる「国民文学」や「地域文学」に閉じ込められて、メトロポリス中心の「世界文学」の棚にならべられたくないという身振りだったのではないか。ノンポジションを貫くそんな姿勢が、アパルトヘイトからの解放へ向かう激動の南アフリカで、いかに大きな衝突と誤解を引き寄せることになったかは察するにあまりある。

クッツェー作品の草稿では書き出しがいつも非常に個人的かつ状況的なもので、何度も書きなおすプロセスで「生《なま》の部分」が消えていったといわれる。この書き方は『ヒア・アンド・ナウ』でクッツェーが述べるギリシア古典思想とも通底するのではないだろうか。テクストの表層にはあらわれない、奥に隠されたものを読み取ることがもとめられているのだ。そうでなければ作品にちりばめられた「自伝的事実」を裏づける（裏づけない）詳細な記録をあれほど完璧な形で保管して、早々と生前に公開するだろうか。「時間／時代と向き合って書いてきたクッツェーは、フィクションを彼自身と歴史、および、彼自身とその倫理性《モラリティ》のあいだに置く方法を伝える」とアトウェルは指摘する。それがクッツェーという作家の最良の特質なのだろう。

　相互に響き合うクッツェー作品には読まれる時代と強く共振する針も埋め込まれている。ずらしやアイロニーを含む作品の核には truth（真実）をもとめる揺るぎなきインテグリティがあり、だからこそ読者に無意識のレベルで揺さぶりをかけてくるのだ。世界中にアパルトヘイトが拡散したかのような格差社会を迎えて、ぶれない言語《ことば》と思考の軸がもとめられる時代に、新訳『ダスクランズ』を送り出せるのはたいへん嬉しい。すぐれた作品は常に新しい読者との出会いを待っているのだから。

二〇一七年初夏

＊「訳者あとがき」を書くために次の著書を参考にした。

J. C. Kannemeyer: *J. M. Coetzee, A Life in Writing*, Scribe, 2012.

David Attwell: *J. M. Coetzee and the Life of Writing*, Viking, 2015.

Slow Man, 2005.『遅い男』（鴻巣友季子訳、早川書房、2011）
Diary of a Bad Year, 2007.
Summertime: Scenes from Provincial Life III, 2009.『サマータイム、青年時代、少年時代—辺境からの三つの〈自伝〉』（くぼたのぞみ訳、インスクリプト、2014）所収。
Scenes from Provincial Life, 2011.『サマータイム、青年時代、少年時代——辺境からの三つの〈自伝〉』（くぼたのぞみ訳、インスクリプト、2014）所収。
The Childhood of Jesus, 2013.『イエスの幼子時代』（鴻巣友季子訳、早川書房、2016）
Three Stories, 2014.（くぼたのぞみ訳で、「スペインの家」は雑誌「すばる」2016.10に、「ニートフェルローレン」は「神奈川大学評論」2013.11に翻訳掲載）
The Schooldays of Jesus, 2016.

評論・講演・書簡集など

White Writings: On the Culture of Letters in South Africa, 1988.
Doubling the Point: Essays and Interviews, 1992.
Giving Offense: Essays on Censorship, 1996.
The Lives of Animals, 1999.『動物のいのち』（森祐希子・尾関周二訳、大月書店、2003）
Stranger Shores: Literary Essays, 1986-1999, 2001.
The Nobel Lecture in Literature, 2003, 2003.
Inner Workings: Literary Essays, 2000- 2005, 2007.
Here & Now, letters 2008-2011, 2013.『ヒア・アンド・ナウ——ポール・オースターとの往復書簡集』（くぼたのぞみ・山崎暁子訳、岩波書店、2014）
The Good Story, Exchanges on Truth, Fiction and Psychotherapy, 2014.
『世界文学論集』（田尻芳樹訳、みすず書房、2015）
Late Essays, 2006-2017, 2017.

J・M・クッツェー全作品リスト

小説・自伝的作品

Dusklands, 1974.『ダスクランド』（赤岩隆訳、スリーエーネットワーク、1994）、『ダスクランズ』（本書）

In the Heart of the Country, 1977.『石の女』（村田靖子訳、スリーエーネットワーク、1997）

Waiting for the Barbarians, 1980.『夷狄を待ちながら』（土岐恒二訳、集英社ギャラリー世界の文学20、1991／集英社文庫、2003）

Life & Times of Michael K, 1983.『マイケル・K』（くぼたのぞみ訳、筑摩書房、1989／ちくま文庫、2006／岩波文庫、2015）

Foe, 1986.『敵あるいはフォー』（本橋哲也訳、白水社、1992）

Age of Iron, 1990.『鉄の時代』（くぼたのぞみ訳、池澤夏樹個人編集 世界文学全集第I期-11、河出書房新社、2008）

The Master of Petersburg, 1994.『ペテルブルグの文豪』（本橋たまき訳、平凡社、1997）

Boyhood: Scenes from Provincial Life I, 1997.『少年時代』（くぼたのぞみ訳、みすず書房、1999）、『サマータイム、青年時代、少年時代——辺境からの三つの〈自伝〉』（くぼたのぞみ訳、インスクリプト、2014）所収。

Disgrace, 1999.『恥辱』（鴻巣友季子訳、早川書房、2000、ハヤカワepi文庫、2007）

Youth: Scenes from Provincial Life II, 2002.『サマータイム、青年時代、少年時代——辺境からの三つの〈自伝〉』（くぼたのぞみ訳、インスクリプト、2014）所収。

Elizabeth Costello, 2003.『エリザベス・コステロ』（鴻巣友季子訳、早川書房、2005）

[著者紹介]

J・M・クッツェー

一九四〇年、ケープタウン生まれ。ケープタウン大学で文学と数学の学位を取得。英国のコンピュータ会社で働きながら詩人をめざす。六五年、奨学金を得てテキサス大学オースティン校へ、サミュエル・ベケットの文体研究で博士号取得。六八年からニューヨーク州立大学で教壇に立つが、永住ヴィザがおりず、七一年に南アフリカに帰国。以後ケープタウン大学を拠点に米国の大学でも教えながら、初小説の本作『ダスクランズ』を皮切りに、南アフリカや、ヨーロッパと植民地の歴史を遡及する、意表をつく、寓意性に富んだ作品を次々と発表し、南アのCNA賞、フランスのフェミナ賞ほか、世界的文学賞を数多く受賞。八三年の『マイケル・K』と九九年の『恥辱』では英国のブッカー賞を史上初のダブル受賞。〇三年にノーベル文学賞を受賞。オーストラリアのアデレード在住。

[訳者紹介]

くぼたのぞみ

一九五〇年、北海道生まれ。翻訳家、詩人。著書に『鏡のなかのボードレール』『記憶のゆきを踏んで』等。訳書に、J・M・クッツェー『マイケル・K』『鉄の時代』『サマータイム、青年時代、少年時代――辺境からの三つの〈自伝〉』、チママンダ・ンゴズィ・アディーチェ『男も女もみんなフェミニストでなきゃ』『アメリカーナ』『半分のぼった黄色い太陽』『アメリカにいる、きみ』『明日は遠すぎて』、マリーズ・コンデ『心は泣いたり笑ったり』、イザベル・フォンセーカ『立ったまま埋めてくれ――ジプシーの旅と暮らし』等多数。共訳にポール・オースター／J・M・クッツェー『ヒア・アンド・ナウ　往復書簡2008-2011』等。

ダスクランズ

二〇一七年九月二〇日　初版第一刷印刷
二〇一七年九月三〇日　初版第一刷発行

著　者――J・M・クッツェー
訳　者――くぼたのぞみ
発行者――渡辺博史
発行所――人文書院
〒六一二‐八四四七
京都市伏見区竹田西内畑町九
電話　〇七五（六〇三）一三四四
振替　〇一〇〇〇‐八‐一一〇三
装　幀――藤田知子
印　刷――創栄図書印刷株式会社

ISBN978-4-409-13038-4　C0097